U0052003

Seba · 蝴蝶

Seba・蝴蝶

Seba・蝴蝶

Seba・蝴蝶

蝴蝶館 62

她的貓

Seba蝴蝶 ◎ 著

目錄

她的貓

至勤終於考慮到新公園賣身的時候，他已經餓得連走到那裡的力氣都沒有。餓，而且，冷。天空居然適時的飄起冰冷的雨絲。仰著頭，他竟然想笑。沒想到最後是這樣飢寒交迫的死掉，一點美感也沒有。

早知道，前天想跟他上床的老傢伙，至勤就不該花費無謂的力氣痛扁他。先拐頓飽飽的飯，等到四下無人的時候，再狠狠地給他嚴重的教訓就好了。

骨氣……模模糊糊的，他想起不食嗟來之食的那個古人，最後終不食而死。好吧，他很無奈的想，我沒那麼偉大。等雨小一點，他會認命的去賣身。

但是雨卻越下越大，像是在嘲笑他的決心一般。

可惡。意識慢慢的恍惚，餓的感覺慢慢的鈍了。冷。糟糕，冷比較難打發。

然後，他聽見了貓的叫聲。睜開沉重的眼皮，一隻戴著項圈的白貓，對著他喵喵叫，用頭頂著他的手。

可憐，也淋得一身溼。他抱住不怕人的貓，將牠塞到襯衫裡，偎著自己胸膛。白貓滿足的發出呼嚕的聲音，像是只暖爐似的，溫暖著他。

感謝老天，昏昏沉沉的他，微笑。幸好還有隻貓可以取暖。他闔上眼，迷糊了一下子，不曉得為了什麼被驚醒。

胸前的襯衫開著，白貓不知去向，他的眼前卻蹲著個披頭散髮，大眼睛裡蓄著淚水的女子。穿著印花棉布洋裝，撐著傘，替他遮著風雨。

「賽茵在哪？」她的聲音嬌嬝纏綿，帶著哭聲。

至勤只是望著她，不懂她的意思。

「賽茵。貓，我的貓。」

是她的貓？「剛剛還在我襯衫裡……現在不曉得跑到哪裡去了……」

和著雨水，溫熱的眼淚滴下來，在他的手背上留下冰冷和熾熱的兩種液體。

「不可能……不可能的……賽茵上個月剛剛過世了……」

那我懷裡的白貓是……飢餓過度的至勤，猛然站了起來。暈眩抓住他，將他拖入昏迷的深淵。

那女子棄了傘，將差點倒在地上的他抱緊。

人來人往的急診室，她雙眼迷離的看著在病床上狼吞虎嚥的至勤。不顧醫生的警告，還在打點滴的他，大口大口的吃著麵包和牛奶，可愛的臉龐顯出急切的模樣。

「我該怎麼叫妳？」塞了滿口的麵包，不大好意思的至勤，含含糊糊的問。受人點滴之恩，當湧泉以報。這他懂的。有一天，他一定會報答這份恩情。

「穆棉。穆貴英的穆，棉花的棉。」她的聲音真好聽……軟軟的，高高的，帶一點點哭聲的溫柔尾音。

「我，葉至勤。」他草草的在被單上劃著，穆棉專注的看著，長長的微微捲曲的頭髮垂在慘白的臉龐，只有嘴脣粉嫩的紅。這麼專注的看著人，卻覺得她的焦距透過了自己，不知道茫然的定位在虛空的哪一點。

穆小姐……看起來很年輕……但是年紀應該不小了吧？在只有十七歲的至勤眼中，超過三十的女人都算是老人了。

看著正在吃第五個波蘿麵包的至勤，穆棉的心，卻飄到撿到他的雨地上。

她聽見了賽茵的叫聲。在整夜流淚思念她的貓的時刻，她確定自己聽見了賽茵撒嬌似的叫聲。

哭著衝出了家門，若不是為了怕賽茵淋溼，她是不會帶傘的。低低的喊著，踉踉蹌蹌的往前追，在住家附近的小公園裡悽悽惶惶的找了又找。

明明知道賽茵長眠在墓園裡了，穆棉卻流著淚認為，賽茵一定是捨不得她，悄悄的來看她。

然後，她看見賽茵了。無辜的坐在屋簷下，大大的雙眼看著她。雨水順著他額上的頭髮滴落，這麼冷，他前襟的鈕釦卻開著。

如果賽茵是人的話，應該像是這個樣子吧？

捨不得像賽茵的男孩子淋雨，她挪過了傘。

賽茵。雙眼朦朧的又有淚光。

大夫說，至勤是因為飢餓和疲乏所以昏厥的。

「你沒有地方去嗎？」她將手肘支在床上，看著他。

停下了狼吞虎嚥，至勤心底也發了慌。以後……怎麼辦？匆匆的逃出家門四天了，沒有身分證，沒有錢，只能在街上惶恐的走著。不敢向任何熟識的人求救，不管是誰都會將他交到繼父的手裡。

連母親都無法保護他了，只能寄望自己。但是繼父的身高比他足足高過十五公分，體重將近他的一點五倍，又是個警官。

想起繼父的碰觸……那種噁心的感覺，讓他完全的喪失了食欲。

過去他一直照顧著中風的外祖母。外祖母雖然行走不便，卻仍然當著家。她向來心疼小小的至勤，放棄了兒童的玩樂和歡笑，專心的扶持外祖母更衣服藥，對於小至勤，當然保護得無微不至。

所以，繼父行為雖然有異，卻還不敢明目張膽。但是外祖母一過世……

繼父奸邪的面目就跑了出來。

雖然奮力抵抗沒讓繼父得逞，卻也留下傷痕累累。他發誓母親知道整個事情，但是母親卻只會哭而已。

我不是女生。但是卻遭受到女生一樣恐怖的待遇。除了逃家，他還能怎樣？

「至勤？」

他驚跳了起來。「什麼？」

「如果沒有地方去，來我那邊吧。」穆棉朦朧的眼睛看著他。

「什麼?!」

「我的賽茵上個月剛過世了……你可以頂牠的缺。」

「什麼?!」

頂一隻貓的缺額?!好當穆小姐的寵物？他看著穆棉，作聲不得。

為什麼……為什麼世界上的變態這麼多！男的變態……女的也變態……長得好看點……是我的原罪嗎?!

正想一口回絕的他，卻看見一綹微微捲曲的頭髮，垂在穆棉的臉上，讓她失魂落魄的神情，顯得脆弱。

掠了掠她的頭髮，綿軟的髮絲讓他心下一動。

若是非賣身給骯髒的男人，不如賣身給穆小姐。起碼她看起來沒那麼可怕。

他答應了。穆棉只是微微一笑，輕輕的摸了摸他的頭。

不喜歡跟人接觸的至勤，將頭用力扭了一下。穆棉也不以為忤。

走進穆棉的家裡時，至勤的心裡很是沉重，不知道怎樣的命運等著自己。

打開客廳的燈，除了地毯和坐墊，客廳裡只有一架一架的書，唯一的桌子上擺了台電腦，連電視都沒有。

沉默的，穆棉往窗前的椅墊一坐，順手抱起放在一旁的玩偶貓，沉默。

至勤也沉默的坐在她面前的地毯上，不曉得她要怎樣凌虐自己。

等了很久很久，穆棉沒有說話，只有窗外的雨絲，敲在窗戶上，發出達達的聲音。

等得不耐煩的至勤，抬起眼來看著穆棉……

她，睡著了。

張著嘴，至勤對著穆棉，不知道該說些什麼。

他選擇笑了起來。拚命壓低聲音，不吵醒穆棉。忍得太厲害了，身體都拚命發抖。

最後他將穆棉抱了起來，她只是含含糊糊的發出夢囈，抱住至勤的脖子。

好輕唷……將她放在床上，蓋好被子，好奇的至勤躺在她的被子上，看著她長長的睫毛。

真是沒神經ㄟ。萬一，我是壞人的話，怎麼辦？睡得這麼香甜……呵呵……

累了好幾天，至勤也大大的打了個呵欠。床好軟喔……他閉上眼睛，我睡一下就好……他對著自己說，明天，等穆棉還沒清醒的時候，我就會離開了……

靠著穆棉柔軟的頭髮……

他，睡著了。

若不是陽光喚醒了至勤，他覺得自己可以睡上一輩子。

透過沒拉攏的窗簾，他眨了眨眼睛。逆光中，花了點時間，他才認出來，穿著嚴肅套裝的女人，就是昨夜眼神迷離的穆棉。

將長髮挽成一個規規矩矩的髻，戴著無邊的眼鏡。她的身上散發著守禮而內斂的香水味道，若有似無的。

很難將她和昨夜那個穿著印花寬鬆洋裝的穆棉搭在一起。現在的她，眼神銳利而機敏。

「醒了？」她將外套穿上，看著他的眼神若有所思，「昨天我把你撿回來，對吧？用來頂賽茵的缺？」

「對。」還不太清醒的至勤，沒好氣的回答。

她扶了扶眼鏡，「真糟糕……家裡除了貓食……好像沒有什麼別的食物……」指了指浴室門口的五斗櫃，「上面右邊的小抽屜有錢，自己打發吃飯的問題吧。」穆棉將鑰匙丟給他，「記得鎖門。」

拿了鑰匙，至勤望著她，「妳不怕我跑掉？」

「門是開著的。要走就走吧。」她伸手拿皮包。

這樣無謂的態度讓至勤莫名的不高興，「我要把妳所有值錢的東西都偷走喔！」

「偷吧。」她連回頭都沒有，「我大部分的財產都在銀行裡。這麼點損失，我還損失得起。」

「喂！穆小姐！」至勤真的生氣了。卻沒有發現他生氣的臉看起來，是那麼的可愛。

穆棉回頭看著他，慢慢的踱到他面前。

「你真的好像賽茵喔。」摸了摸他的頭。

「我不是貓啦。」至勤不太高興的躲著，沒想到穆棉卻在他下巴脖子的地方，搔了兩下。

啊啊……她真的把我當貓～

「住手！好噁心啊～」至勤護住脖子大叫。

穆棉原本銳利的眼神變得柔和，笑了起來，「我走了，乖乖在家。」

「我才不要乖乖在家！我要把妳家搬空！聽見了沒有？穆小姐？喂～」

她居然這麼上班去了。

呆住。衝到窗口，穆棉邁著堅定的步伐，跺跺跺跺的走出巷口。

門是開著的……他望了望門口，卻去開冰箱。

真的有活人住在這裡嗎？冰箱裡只有一罐過了保存期限的冰淇淋。什麼都沒有。飲水機的水在低水位，地上堆著幾個礦泉水的空桶。

調味盒裡的鹽巴和味素都結成岩石，沙拉油居然分離成上下兩層。

流理台下面有食物……滿滿三大櫃的貓餅乾和貓罐頭，還有貓砂。

他無奈的以手加額。拉開小抽屜，滿滿的……都是錢和發票，重。

大部分都是硬幣，還有亂塞的百元和千元大鈔。夾著亂七八糟的發票，花了好一會兒的工夫才整理好。

發票居然還有八十六年九月的，真是拜託。細心的把鈔票和硬幣整理好，居然有三萬多塊。

如果拿走這些錢……他應該可以找到活下去的方法……

但是他只找了幾條橡皮筋和小塑膠袋，將鈔票和硬幣規規矩矩的整理好，拿了當中的兩千塊去買了食物，將冰箱塞滿。

回來細心的記了帳，還有發票一起核對。順便幫她整理家裡和洗衣籃。

至勤家雖然不是什麼富貴豪門，外祖母卻頗有品味。所以某些沉默不炫耀的名牌服裝很有一些，至勤從小就學會怎樣整理祖母的衣服。看見穆棉這樣把這麼好質料的衣服全凹摺在一起，不禁皺了皺眉毛。

可以下洗衣機的洗，不能下的送洗衣店。家裡倒是不需要怎麼費心整理，但是除了窗前那塊椅墊和浴室臥房外，這個兩房兩廳的房子裡，幾乎沒有任何人出沒的痕跡。

只有灰塵。

連碗盤都有薄薄的灰，奇怪，穆棉平常吃什麼？都吃外面？

等到十點，穆棉終於回來了。她脫下高跟鞋，愣愣的坐在玄關很久。脫著外套、手袋、眼鏡、襪子，一路脫到浴室。

至勤實在看不過去，嘀咕的幫她撿起來收好，等她洗好澡，頭髮溼漉漉的出來，昨天那個眼神迷離的穆棉，就出現在他的眼前。

對至勤昏昏的一笑，摸摸他的頭，搔搔他的下巴，被驚嚇的至勤來不及躲，但是穆棉卻沒再做什麼，只是到窗前的椅墊坐著，抱著她的玩偶貓。

這個女人……真的是早上那個精明能幹的穆棉嗎？至勤迷糊了起來。但是她拖著一把溼漉漉的長頭髮不吹乾，一定會感冒的。

「吹頭髮啦。會感冒。」至勤把吹風機找出來，穆棉卻沒有接。

「不要。吹頭髮手會痠。」

至勤花了一點力氣克制，才不至於把吹風機砸到她的頭上，「我有這個榮幸幫妳吹乾嗎？」

她沒聽出自己努力壓抑的怒氣，居然還考慮了一下子，「好吧……」很心不甘情不願的。

挖勒～

熱烘烘的風吹著她柔軟的長頭髮，烏黑的髮在至勤的指縫裡流瀉。他想起外祖母。外祖母的頭髮雖然花白了不少，髮質卻一貫綿軟。

「阿媽阿媽，」還小的至勤有回興奮的向外祖母說，「我聽阿姨說，頭髮軟的女人脾氣好ㄟ～難怪阿媽的頭髮摸起來這麼舒服～」他向來要握著外祖母綿軟的頭髮，才能安心入睡。

外祖母苦笑了一下，「是啊……阿媽的脾氣本來也是好的。」

雖然阿姨姨丈們常在背後批評外祖母的跋扈，至勤卻對撫養自己長大的外祖母，孺慕。

少婦時喪夫，拖著四個女兒，頑強的在龐大世家裡掙出三房的一片天，外祖母不是跋扈。

從國小三年級就開始服侍外祖母，他從來不以為苦過。他只是幫著看護阿姨注意外祖母，和她說話開心而已。

外祖母……妳為什麼死了……妳不是想看我結婚生子嗎？

「至勤？」穆棉軟軟的聲音喚醒了他，這才發現，自己的臉上掛了淚。

「吹風機吹了我的眼睛。」他揉了揉，拿起了梳子。

穆棉沒有追問，柔順的低下頭，讓至勤將她的長頭髮梳開，鬆鬆的挽了個辮子。粗粗的麻花辮，朦朦朧朧的眼睛，和累得空泛的表情。讓穆棉看起來這麼小，這麼脆弱。她整夜沒再說什麼話，看看書，發發呆，十二點一到，就上床睡覺。

找到另一床棉被的至勤，將棉被鋪在客廳的地毯上，正思睡的時候，穆棉來搖他。

「床上還有位置呀。在這裡睡會感冒。」

至勤突然有種深刻的厭惡。對於穆棉的好感，瞬間毀滅殆盡。她心頭還是藏著骯髒的想法。明天，明天我一定要逃走。

但是至勤還是冷著臉，走進臥室，直挺挺的躺在床上。

「妳希望我怎樣？」聲音凝著嚴霜。

「蓋好被子。賽茵都會蓋被子的。」穆棉將他的被子拉到下巴塞緊，摸摸他的頭，閉上眼，不一會兒，呼吸勻稱的睡著了。

我……我現在該怎麼辦？

至勤看著天花板的水光，終於笑了起來。當穆小姐的貓，似乎是種不錯的工作。

明天，明天我一定會離開……嗯……穆小姐的頭髮好軟唷……嘆了口氣，他的呼吸也漸漸勻稱。

但是他一直沒有離開。

和她一起住了一陣子，穆棉的身體一直很差。感冒很久都不痊癒，撞傷的瘀血總是烏青不散。

若不是因為高燒，至勤帶著她去掛急診，不會知道她長期營養不良外，還有嚴重的貧血。

「營養不良？」至勤拚命的壓抑著火氣，難怪穆棉的碗盤會長灰塵！

「只是沒吃早餐、晚餐嘛……」穆棉一邊喝著至勤泡的牛奶，一邊小聲的回嘴。

只是？一天也才三餐！

「早上想不起來要吃嘛……」

「妳不會餓啊?!」至勤終於火大了起來。

「會餓。但是忙一忙就忘記了。馬上就吃午餐了嘛……會有人提醒我去吃，很囉唆的。」

就算忘了吃早餐，晚餐呢？

「加加班就忘了會餓嘛。等晚上回來，也就不餓，想睡了……」

「妳……醫生說妳起碼兩三個月營養不良了～」吼到一半，兩三個月？

不就是賽茵過世後的日子？

「是不是賽茵過世了以後，妳就沒有好好吃飯了？」至勤放輕了聲音。

他望著穆棉，她正皺著眉毛吞下牛奶，對於至勤的凝視，不解。

穆棉現出茫然的表情，聽到賽茵的名字，她還是有流淚的衝動。

「我……沒有不吃飯……只是以前賽茵在的時候，餵牠吃早餐，我會順便吃早餐，餵牠吃晚飯，我也會隨便吃一點……因為賽茵喜歡吃我碗裡的東西……呵呵……」她笑著，「我沒有不吃飯，只是賽茵不在，我想不起要吃而已……」

「只是想不起要吃……」笑著笑著，穆棉愕然的流下眼淚，蒙住臉。

至勤手足無措起來，只能輕輕拍著她，含含糊糊的哄。

這樣她真的會餓死。慢慢的，傷心的餓死。

第二天，穆棉起床梳洗，對於枕邊的至勤不在，沒有尋找的動作。如常的更衣梳妝，等她打點好了想要出門，至勤擋在她前面。

「妳還沒吃早餐。」他手裡還拿著鍋鏟。

「我會遲到。」她沒理至勤，打開鞋櫃……

空無一物。

「我的鞋子。」早晨的穆棉是犀利的，她只是朝著至勤望，就讓至勤心裡有點突突的跳著。

「只要妳吃了早餐，我就把鞋子還給妳。要不然，等妳找到了鞋子，可能也遲到了！」

在時間和鞋櫃中擺盪思考，她承認吃早餐是比較好的選擇。雖然她討厭被威脅，但是肚子也的確餓了。

「好吧，早餐。」她不太高興的坐在餐桌前，至勤笑咪咪的將荷包蛋和柳橙汁端上來，還有兩片烤酥又上了牛油的吐司。

她迅速的吃完了所有的早餐。

「有咖啡就更好了。」至勤給了她一杯，妝點嚴整的穆棉，終於笑了。

這麼快的吃完了早餐，棗紅色的口紅卻還完好如初。職業婦女的特異功能？至勤也笑了起來。

她精神奕奕的走出家門，至勤覺得比較放心。老實說，蛋太焦，柳橙汁還有果粒，吐司烤過了頭，牛油又抹得太厚。但是穆棉吃個精光。

會做的菜，實在不多啊。他開始留意食譜和電視烹飪節目。

因為他真的喜歡，穆棉高高興興的將他準備的飯菜吃光，天真的露出可愛的小虎牙。

這種日子……也沒什麼不好。穆棉是個好相處的人。她也真的將至勤當作自己的貓般疼愛。除了摸摸頭，搔搔脖子，她沒有什麼不軌的行為。

漸漸習慣了，有時至勤會吻吻她柔軟的手指。倒不是想幹什麼，只是自然而然的想這麼做。

她也只是笑咪咪而已。

白天的穆棉或許精明能幹，晚上的穆棉或許迷糊渴睡，但是對至勤來說，都是同一個穆棉。

都是無條件對他好的穆棉。他除了煮些好吃的東西回報她的恩情外，不知道該怎麼表示。

晚上她或許總是迷糊的笑著，但是白天的穆棉，卻會若有所思的看著他。

終於，她淡淡的說，「小孩子還是應該去上學的。」

停下了正在吃早餐的手，靜了半晌，「是啊，但是我不是小孩，我只是穆小姐的貓。」

透過了鏡片，穆棉眼神柔軟了起來，「白天的時候，你都叫穆小姐，晚上就叫我穆棉。」

他的臉，淡淡的紅了一下。「那並沒有什麼不同。」

白天精明幹練的穆小姐笑瞇了眼，和夜晚的穆棉有著相同的笑容。至勤放下心來。

是的，不管白天黑夜，她還是同一個穆棉。

「去上學吧。至少把高中讀完。」

「連身分證都沒有，上什麼學？」至勤失去了胃口，將早餐收起來，「要遲到了，穆棉。」

「身分證？」穆棉微微偏著頭，「只要給我你的身分證編號和姓名，我會替你解決身分證和上學的問題。」

為什麼？至勤睇了她一眼，「若是穆小姐厭了我，我會馬上走，不用這樣趕。」

「至勤？」

「妳要怎樣要到我的身分證？我的繼父可是警官唷。他總會循線追到這裡。」至勤望著窗外，「只要他出現，我就走。」

同樣的夢魘一次就夠了。

微偏著頭，穆棉定定的望著倔強的不願看她的至勤，「至勤，告訴我，喜歡和我在一起嗎？」

喜歡嗎？至勤回想這短短的半個月。自從外祖母過世後，這半個月會在未來顛沛流離的生活中，有著溫柔的顏色。

是的。

「我喜歡和穆小姐一起住。」喜歡穆棉。喜歡。

「呵呵……」她脣上鮮明的棗紅彎成好看的曲線，「那就住下來，當我的貓吧。因為，我也非常喜歡至勤。」

她將牛奶飲盡。「我既然是至勤的飼主，就要善盡飼主的責任。所以，至勤應該擁有的，我會盡量的去爭取。」輕輕的摸摸至勤的頭，「試著相信我，好嗎？」

她習慣性的搔搔至勤的頸子。至勤卻沒有躲。

「我姓葉，葉至勤。」他把身分證號碼和自己家裡的地址告訴了穆棉。雖然告訴她以後，至勤就開始陷入深刻的恐懼中。

明天？還是後天？繼父幾時會找來？

會在哪裡？在市場嗎？還是在超商？穆棉會不會笑著請繼父進來坐，成功的被披著人皮的禽獸瞞騙過去？

就像新寡傷心欲絕的母親被繼父瞞騙？

會嗎？會嗎？他拒絕去想那天發生的事情。雖然繼父沒有得逞。但是，若阿姨沒有自己開門進來，到底會發生什麼事情，他自己也不敢想像。空手道校隊又怎樣？遇到刑警出身的繼父，這些武藝都成了花拳繡腿。

這種不安糾纏了至勤兩天，屢次在深夜裡驚醒，溢出一身的冷汗。只有向穆棉的身邊靠緊些。映著月光，穆棉的睡臉正安詳，像是苦痛與悲傷和她無關一般。

還有多久就該逃呢？

就要看不到她了。至勤發現浴室外的陽台有緩降機，可以爬浴室的氣窗出去。在被找到之前……大約……可以平安的逃脫吧？

他握著穆棉柔軟的頭髮，才能再睡去。

這樣的驚恐，因為熟悉的身分證在他面前出現，終於劃下休止符。

不是補發的身分證……真正是他的，十四歲那年，為了比賽特別去辦出來的身分證。中性的他，帶著女孩子般羞澀的笑容。被這種笑容迷惑，頑強的對手卻因此在他手上嘗敗績。

至勤拿著身分證，抬頭看著剛剛回家的穆棉。拿下了眼鏡，渴睡的眼睛有著黑眼圈，迷迷糊糊的笑咪咪。

「你喜歡哪家中學？我們家附近有好幾家唷。告訴我，帶你去註冊。」

「他……」又看了看身分證，「他什麼也沒說嗎？繼父呢？他在門外等嗎？」

「呵。我沒見到他啊。玉林說他沒說什麼耶。」

「誰？」

「玉林。他是警署的警官……應該是很大的警官吧。但是大到什麼程度我就不知道了。這得問沈思才行。」

什麼樣的警官指揮得動來頭不小的繼父？至勤對著身分證開始發呆了起來。

「放心吧……你繼父只是生病了……唔，應該是生病了……沈思正在為他治療啊，應該很快就會痊癒。」輕輕摸摸至勤的頭，「他不會再來煩你了。」

握著身分證，心底不知道是什麼滋味。

「我母親……我媽……也沒說什麼嗎？」

「有啊。她在電話裡哭，要我把你還給她。」

至勤抬起眼。

「我說，休想。」伸了伸舌頭，「除非你自己想回家，要不然，你是我的貓，就該歸我保護。身為飼主的我，應該無條件的給你幸福才對。」

腦門裡叮的一聲，長久以來堅持的早熟，轉瞬間崩潰掉了。

從小就被當作大人般看待，他也習慣了女人的眼淚，並且認為她們的眼淚，是自己的責任。

母親喪夫的眼淚，寂寞的眼淚，害怕的眼淚。

外祖母孤獨的眼淚，病痛的眼淚，無能為力的眼淚。

要保護家裡的女人，要照顧母親和外祖母。他變得早熟而懂事，很小的年紀就曉得要忍住所有脆弱的情緒。

要趕緊長大，好讓母親和外祖母幸福。

但是卻從來沒想到會有人想無條件的給他幸福。

站起來想去喝水，穆棉卻發現至勤的肩膀在抖動。緊緊抓住她的裙角，含含糊糊的嗚咽著。穆棉，吃驚了。

讓他靠在胸前，至勤的淚水滲進她的胸膛。

第一次，他像個小孩，放聲哭泣。將這些日子的鬱悶與悲痛，一起隨著嚎啕的淚水而去。

穆棉從頭到尾都帶著疲憊而溫柔的微笑，擁著他，輕輕拍著他的背，直到至勤睡著。

我會保護你……在淚水漂浮的夢中，像是聽到穆棉柔軟的聲音。沒有為什麼。只是，想要，保護你。

接受陌生人的保護，讓他覺得矛盾而羞愧。

「等我畢業，我會去工作，回報妳的恩情。」就要去註冊的早晨，至勤紅著臉，低低的說。

穆棉正在繫絲巾，訝異的轉過頭來，「恩情？哪有什麼恩情？」

「我……我用妳的錢，住在妳家，可是我……我卻只是陌生人而已。」

「你是我的貓呀。」穆棉梳著頭髮，盤起來。

「我是人！不是貓！我沒辦法像一隻貓般讓妳狎玩！我不喜歡妳碰我！」他野蠻的喊叫起來，自己不知道幹嘛鬧彆扭。

「不喜歡，躲開就好了。」穆棉淺淺的笑，「我不會強迫我的貓要順從我。除非你願意，不然，我不會再碰你啦。我可不是在養玩具呀。」

她笑笑的望著至勤美麗的眼睛，「就算你不讓我碰，就算你不做飯，我還是會照顧你，保護你。對我的貓，向來如此。」

穆棉背著他穿鞋，「賽茵有咬人的惡癖。牠興奮的時候，常常玩到把我咬傷，兩手累累的都是傷痕。但是，我仍然愛牠。」抬頭，朝陽從紗門照進來，染亮了她的髮髻若白銀，「我怎樣對賽茵，就怎麼對你。這是沒有條件，也不用你感謝的。」

至勤的鞋子穿了很久，等到眼底的液體蒸發乾了，他才敢抬起頭。

「但是賽茵不用花學費。」他咕噥著。

「沒錯，賽茵也不會煮飯。」

至勤終於笑了。

到了這所惡名遠播的私中，穆棉有些擔心的看著圍牆內的學校。

「一定要這間嗎？我知道附近還有家私中，學生的素質比較善良……」

「不用了，這間就好了。」這裡離穆棉家最近，走路五分鐘就到了。雖然是所謂的太保學校……但是他也沒打算考大學，只要混個高中文憑就得了。

一年。混過這年就行。

沒有試圖說服他，穆棉輕輕攙著他的手，走進校園。

穆棉原本就不矮，穿上高跟鞋和合身的套裝，臉上穠纖合度的妝，行軍似的步伐，將自信像潑水般，潑到旁觀人們的眼底。

這樣一個女強人似的成熟美人，牽著個清麗中性，和她差不多高的小男生，分外的引人注目。

等穆棉走了以後，被留下的至勤，帶著孤寂的眼神看著她的背影，也讓性喜生事的同學開始竊竊私語。

但是孤寂也只有那一刻，轉過頭，跟著導師的他，面孔就冰封了起來。

一下課，他被團團圍住，整個班級的氣氛，惡意而沸騰。

「唷，娘兒們，剛剛那美人兒是你姊姊？」吊兒郎當的同學帶著邪笑，「該不會你也是女扮男裝的花木蘭吧？」

其他的男生轟笑了起來。

「喂，」那個高頭大馬的壯碩男生搭著至勤的肩膀，「雖然我不喜歡人妖，不過，你若把你姊姊雙手奉上，我罩你！保證沒人敢動你！要不然……哼哼……我只好拿你來代替你姊姊了……」

還沒搞清楚狀況，那個男生被摔過好幾張桌子，發出好大一聲巨響。

「我討厭人家碰我。」輕描淡寫的，至勤排好桌椅，坐了下來。

怒吼一聲，那個惡少想上前，突然被拉住。

「找死啊～放開我，老子今天不饒他～」

「不要啊～安哥～」拉住他的同學在他耳邊悄悄的說，「他是上次區運會的空手道亞軍啦～別……」

安哥變了臉色，望了眼清麗、手腳修長的至勤，「騙笑！他會是亞軍？就算是亞軍，也有冠軍比他厲害～」

「因為他把冠軍打傷了，犯了規，這才判打點勝。安哥……別惹他，別惹他……」

這些閒言閒語傳進至勤的耳中，卻沒能引起太大的波瀾。

他的心魂飄得極遠，飄到穆棉素白的手上。

今天穆棉真的沒有摸摸他的頭。所以，失去了從穆棉雪白的指縫間，觀看整個世界的機會。

這讓他悵然若失。

一下課就回家，在路上順便拐到超商買點青菜。回到充滿穆棉氣息的家，原本憂傷不安的心情，才平復下來。

原本穆棉請了個鐘點女傭，後來被至勤發現她偷竊，女傭卻不悅的對著穆棉嚷嚷。像是偷衛生棉、零錢、牙膏、罐頭是她應有的福利似的。討厭別人對著穆棉嚷嚷，他不讓穆棉再去請傭人，自己開始理家。

只有兩個人的家，不難。他習慣照顧別人的飲食起居，像是照顧外祖母般的照顧穆棉。穆棉總是瞌睡兮兮的讓他照顧，全然信賴的。

要像這樣，穆棉疲勞不堪的從門外回來，不戴眼鏡而朦朧的眼睛，瞇著看他笑，他才會相信，穆棉又回到他的身邊。

「上課好玩嗎？」洗好了澡，鮮少開口的穆棉，笑著問他。

好玩嗎？我一直在想，能不能再回到穆棉的家。

但是他開始將打架的事情，上課的事情，說給穆棉聽。

「打架？你受傷了嗎？我看？」她的眼神憂愁了起來。

其實，只是單方面的打人。但是至勤順從的坐到她的跟前，讓她仔細審視自己。

穆棉身上有著舒服的痱子粉味道。乾淨的味道。在自己意識到之前，已經抱住了穆棉。

全身僵硬，自己也不知道該怎麼辦。

穆棉卻放鬆的掛在他的臂彎。這種放鬆感染了他，僵硬的肌肉，一點一點的鬆開來。

真正的相擁著。

「乖。」穆棉摸摸他的頭，搔搔他的頸子。至勤微笑，淡淡的哀傷。

她的手指，沁涼著。

聲音。

比起白天的穆小姐，他還是更喜歡夜裡的穆棉吧。

但是，他看過了白天的穆小姐後，卻也不那麼肯定。人馬雜沓的辦公室，近百坪的廣大空間，可以聽見沒有提高聲線，卻是那麼清楚的聲音。

穆小姐不動聲色，將怒氣封存在冷靜自制裡，卻讓人清清楚楚的了解到她的不悅。

看見他，驚訝了一下，卻高興的笑起來。這讓原本提心弔膽的至勤開心了些。

「昨天妳趕的夜工。」將那個大牛皮紙袋遞給她。

輕輕敲敲額頭，「看我的記性。真的老了。」

胡說。微風輕輕的拂過她額前偷偷溜下來的瀏海。

「胡說。」

抿著脣，穆棉眼底都是笑意，「不用上學？」

「溫書假。去圖書館，順便送來。」

看了看腕錶，「我等等要出去。順便帶你去圖書館吧。等我。」穆棉嫣然一笑。

他靜靜的待在穆棉的辦公室。從開著的門看出去，穆棉對著人說話，那人的臉色漸漸發青，身邊其他圍著的人，臉色也慢慢凝重。

穆小姐在發飆。但是她的聲音還是低沉的，在嘈雜的辦公室裡，讓人專注的傾聽。有條不紊的處理身邊的每一件事情，完全看不見那個瞌睡兮兮的穆棉影子。挽著保守髮髻，穿著嚴肅套裝，容貌雖不出色，努力工作的她，看起來，卻是那麼的美麗。

至勤悄悄的離開辦公室，穆棉看見他的離開，只用含笑的眼睛送著他。

至勤對她眨眨眼睛，走了。

他知道，晚上穆棉總是會回來，帶著她累得朦朦朧朧的眼睛，以及甚至沒能逃過的繁複公事。

穆棉在廣告公司工作。常常回到家來，抱著電腦鍵盤憂愁。今天也如常，一回到家，草草吃過飯，又在電腦前埋頭苦幹。

至勤沒有吵她。靜靜的依著她，不出聲的念書。等至勤去洗了澡，看見穆棉昏然的睡在螢幕前。

一點了。想抱她去睡，她只用力的抱緊至勤，「讓我抱一下。」模糊的咕噥著。

「明天要交……不可以睡……」揉著眼睛，她繼續振作起精神。

「我能幫什麼忙？」至勤不捨的看著她，只希望能讓她早點去睡。

「可以啊。至勤，趕緊長大吧。我今天又罵跑了一個助理……趕緊長大，來幫我。」同樣在眼鏡後面的眼睛，現在的穆棉，卻是軟綿綿的溫柔。

「呵，」他笑了，「我不要念書，來幫穆棉吧。」

「不行喔。」穆棉摸摸他的頭髮，「我們公司不收大學生以下的員工呢。就算工讀生，也得是大學生ㄟ。」

「我可能考不上公立大學。」

「那有什麼關係？什麼學校都好。至勤來公司打工，來幫我。」穆棉順口說著，趕至勤去睡。

至勤還是做了三明治、煮了咖啡，陪她到完成。

如果……我考上了大學，真的可以幫她嗎？

徬徨的至勤，突然像是眼前出現了目標一般。他和前排的同學私下調了位置，專心的上課和念書。

原本上課草草了事的數學老師，有氣無力的問了：「有沒有問題？」的例行問句，正想繼續抄完板書……

「老師，這題我沒聽懂，可否再說一次？」向來冷漠不講話的至勤開了口，讓老師分外的訝異。

老師又講了一次，渾然忘了進度，口沫橫飛的講了半堂課，將整個題目的前因後果講得清清楚楚。

為了這樣散漫的班級，出了個願意聽課的學生，來上課的老師，也不再覺得來這班的時光，那麼的難熬。

老師開始認真，班上比較願意念書的學生，悄悄的跟前排的同學調了位置，大約十來人，不管其他人吵鬧的用功。

以前許國安在這班作威作福，他家裡頭有錢，父母溺愛，生來又壯，在學校欺負人是家常便飯，更不要說跟他同班。若不是至勤轉來，給了他幾次挫敗，他是不曉得要收斂的。

討厭念書的他，常欺負願意念書或補習的同學；這些或因為家庭壓力，或是想得比較遠的孩子，常常覺得苦不堪言。但是至勤自發性的用功後，他們也很有默契的依著至勤聽課，起碼不受許國安的打擾。

「對不起……」坐在至勤右手邊的同學，終於鼓起勇氣對著至勤說，「剛剛老師講解的那部分……我還是沒有聽懂ㄟ……」

至勤只瞄了他一眼，撿起課本。那同學洩氣之餘，卻聽至勤說，「哪一題？」

他受寵若驚，趕緊回答：「就是……」

「這題還算簡單。你……抱歉，我不記得你的名字。」至勤冷冷的聲音，卻清亮的像女中音。

「致信。我姓謝，謝致信！」葉至勤跟我說話ㄟ！

「不好意思，我們可以一起聽嗎？」其他的同學也圍過來。

至勤大方的講解，雖然還是冰冷的表情和聲音，但是在男校那樣的環境下，容貌清麗的至勤，成為賞心悅目的部分。

「其實，想想滿詭異的。」至勤說。

不用趕夜工的穆棉，笑咪咪的聽至勤講學校的事情，他可愛的頭就枕在她的大腿上。

「哦？」

「前兩排專心注意的上課，後面的人，有的吃東西，照鏡子，看小說，或是吵架胡鬧。但是我們都當作那些人不存在的繼續聽課。這不是很奇怪嗎？」

想像了下，穆棉笑了出來，「詭異。」

「大約考不上太好的學校。」他朦朦朧朧的思睡。

「那不要緊啦。」

「我會用功，很用功。好早點去幫妳。」他開始習慣穆棉的撫摸和擁抱，甚至喜歡穆棉輕輕的吻他的鼻子。

趕緊長大。這樣，就可以早點守護住穆棉。

「葉至勤，你很了不得啊～」許國安獰笑著，將手撐在他的桌子上，「沒想到堂堂M廣告的創意總監，居然是你的老相好啊？讓老女人包養的滋味如何？」

至勤倒是驚訝了，「穆棉的職位這麼高啊？創意總監？聽起來很了不起。」

「混蛋！重點不在這裡！」許國安對於他那種錯誤的反應發火，「你啊！你被一個老女人包養啦！你這吃軟飯的傢伙！」

「包養？包養和撫養有什麼不同？我是讓穆棉撫養沒錯……你不也讓你媽媽撫養？許媽媽是女的吧？這樣看起來，你吃的飯也沒硬到哪去。」

被他這麼一說，許國安反而語塞。

是呀……為什麼……

「那不一樣吧?!我讓父母撫養，有什麼不對?!」

「有什麼不一樣？讓父母撫養不用羞愧，為什麼我讓穆棉撫養就要羞愧？」

是呀……為什麼……

「不對不對~」差點讓他唬過去，這得來不易的情報來源，怎可讓他輕易過關，「哼……」許國安冷笑著，「老女人的滋味不錯吧？三十如狼……你不錯嘛！有得玩又有人包養，吃軟飯也不算什麼嘛……」

屏息等待至勤的怒火。至勤卻定定的看著他，用拳頭輕輕的敲了左掌。恍然大悟。

「我懂了。許國安。羨慕和忌妒都不好喔。身為處男，並不是那麼可恥的。」

他的臉馬上漲紅了。「誰……誰、誰說我是處、處男～胡說～」

望著許國安頹然離去的背影，致信說，「安哥好像在哭。」

「安哥拉羊的情感本來就比較脆弱，不用理他。」至勤回到課本，頭也不抬。

「喂，至勤……真的嗎？」

「什麼真的？處男？對啊，處男沒什麼可恥的，我也是處男啊。」

啊？

「不是啦～我是說……安哥說……你和那個什麼總監……」

「對啊。我讓穆棉撫養。其實說飼養比較貼切……」

？

「我頂替賽茵的缺。」

「賽茵？」

「穆棉的貓。過世了，她很傷心。所以飼養我代替她的貓。」

啥？

「有什麼好驚訝的？你不也讓父母親飼養？讓人家飼養，我也不見你對自己父母有啥好處。」

這番話，也將致信弄糊塗了。對呀，我讓父母親飼養，為什麼不覺得奇怪，至勤和穆棉，我卻覺得這樣怪異？

若至勤還是處男的話……穆棉幹嘛無條件飼養他？我爸媽又為什麼飼養我呢？

看著發呆的致信，至勤站了起來，默默的放了學。

經過7-11，順便進去買包鹽。

他們請了新的工讀生了。看著櫃台後面的男生，差點那裡就是至勤站的了。

「打工？」穆棉的眼睛睜得圓圓的，「為什麼？」

「我不想被妳養。鄰居都在說話了。」忿忿不平的至勤，發著脾氣，「我不要吃軟飯！」

「你媽媽不也是女的？」穆棉的嘴一扁，「你都吃她的飯那麼多年了，就不可以吃我的呀？」

看她紅了眼眶，至勤開始手忙腳亂。

「哎呀……只是打工啦……」

「我不要……至勤不要我了……」穆棉真的哭了起來。

想到當時的情景，至勤自顧自的笑了起來，美麗的笑容，讓左右路人多看了他幾眼。

但是，他沒有注意到別人的眼光，就這樣筆直的跑回家裡。在樓梯間，正好遇到那群竊竊私語的鄰居太太。

她們頗為尷尬，但是心情好的至勤，只露出可愛的虎牙，笑著點頭。中性的至勤，一下子奪取了許多婦人的心。

若是這樣美麗的孩子……能夠飼養他，該是多麼幸福。

這樣的念頭，在她們的心底，不敢承認，卻也揮之不去。

但是至勤不知道她們的想法，就算知道，大約他也不在乎。他比較在乎今天小白菜又漲價了，多少功課要寫，還有，早上穆棉熱到胃口不好，早餐吃不到一半。

他做了涼拌和咖哩，開始做功課。然後，大約九點多，可以抱住穆棉，緊緊的抱住她。雖然只有一兩分鐘，但是一整天長長的盼望，卻只是這一兩分鐘而已。

雖然追求他的女生聲淚俱下，雖然悄悄來找他的母親聲淚俱下，連訓導處的教官都關心過他和穆棉一起住的事情……

「又怎麼樣？我們礙到誰？」他照舊冷冷的，冷冷的。

這些事情他不曾對穆棉說過，倒是說了很多學校的事情。

看著他的興高采烈，穆棉也很高興，「果然去上學是對的。」她笑咪咪。

揉了揉鼻頭，「我也沒想過，我會這麼喜歡上學。」他倒在穆棉的膝蓋上，望著窗外的星星，「我在板中的時候，功課普通，也沒有什麼專長，幾乎沒有稱得上朋友的人。倒不知道來到這裡，會有這麼多的朋友。為什麼？我還是相同的那個我呀。」

穆棉輕撫著他柔軟的頭髮，「這就像是我們公司，為了什麼樣的原因忍耐我這樣情緒化、無情，又不願妥協的員工一樣。因為我有不能取代的價值。一個人的個性再怪誕乖僻，再怎樣的無理取鬧，只要他在身屬的團體中，有一點點不可取代的特點，團體就會容忍他，也不許其他成員排擠。」

至勤向上看著穆棉，納罕，「但是，我沒有什麼特點呀。」

「有呀，至勤長得太可愛了，其他的人愛不忍釋咩！」穆棉笑得兩眼彎彎。

「吼～可惡～才不是這種理由～」至勤漲紅了臉，掙扎著要離開。

穆棉笑著抱緊至勤，香了香他可愛的臉孔，「好啦好啦～不是咩……」她對至勤伸了伸舌頭，「因為你在這樣的學校，很普通的成績都算得上好了，更何況，你創造了一種『希望』。」

「希望？」

「只要想用功，只要想脫離現在的頹喪，就會有夥伴。不被外界影響的夥伴。你的冷靜在同輩中，算是少見的穩定。簡直像是徬徨者的燈塔一樣。」

「燈塔？穆棉……」至勤臉上出現了尷尬的線條，「聽說做民族燈塔的人都已經入土為安了。」

「不是只塗了防腐劑嗎？」她還是笑得眼睛彎彎。

「吼～可惡～妳故意的～故意要看我的表情的～」他壓住穆棉，開始呵她的癢。怕癢的她笑得幾乎斷氣，兩腿拚命的蹬。

「再～再……再鬧我就惱了～」她連眼淚都跑出來了。

壓在她身上的至勤，呼呼的笑著，輕輕的吻著她笑出來的眼淚。

「我第一次跟別人這樣玩ㄟ。」

「第一次?你是說,長大以後,就不跟別人這樣玩啊?」

「不是。我從小就很少跟別人玩。國小的時候,連追來追去的伴都沒有……」

穆棉希罕起來,「怎麼?」

「那時候我長得小小的,對於踢毽子和玩躲避球都沒有很大的興趣。我會玩籃球,還是國中學的,因為要考試……所以……至於空手道,那是父親要我學的。」他微微一笑,「我老是打不進同齡小孩的世界。他們喜歡的卡通漫畫我都沒有興趣……沒話題,又沒有不可或缺的特點。所以……」

「啊?至勤沒看過卡通漫畫嗎?」穆棉驚訝的不得了。

「不喜歡看……也沒看過幾本……」至勤搔了搔頭。

「好可憐唷……」穆棉幾乎落淚,「童年失歡的可憐小至勤……沒關係,我房間裡有很多漫畫!通通借你看!」

「不用了……」這把年紀還看漫畫……自覺年齡不小的至勤趕緊謝絕。

「不行!」穆棉的眼神是認真的,「不喜歡看漫畫卡通,人生的樂趣減低了一半哪～」

有這麼誇張啊？^^;;

星期六傍晚，穆棉硬拖著至勤看神奇寶貝。

「我不喜歡看……^^;;」至勤想躲。

「不行！陪我看。」

這……穆棉的神情是認真的。他硬著頭皮看那種小孩子的玩意兒。

最後連他都著迷了。雖然生日禮物收到了半人高的皮卡丘，讓他頗為驚駭，但是……

嘻嘻嘻嘻……好可愛啊……

之後，穆棉總是租各式各樣有趣的動畫回來看，他也開始看穆棉的漫畫。

「我不能再墮落下去了……」剛看完愛心動物醫生的至勤嘟噥著，「這樣什麼學校也考不上的。」

「考不上就考不上啊。」穆棉倒是不在乎的。

「這樣我怎麼幫妳的忙嘛？」他連頭都不抬。

穆棉從身後抱住他，笑咪咪的。「你是我的貓咪。只要幸福快樂，就是幫我最大的忙了。」

至勤向上望著她，這是個迴圈。至勤的幸福快樂，就是穆棉也感到幸福快樂。

多麼幸福的迴圈。

「跟年紀這麼大的女人『住』在一起，至勤，你想過自己的未來嗎？」致信來家裡念書的時候，硬著頭皮問。

至勤茫然的從書頁裡抬頭，「未來？什麼未來？」

「你跟穆小姐……根本不會有未來嘛！你們相差十七歲ㄟ～將來女人變老，變醜，那是很可怕的事情ㄟ～」致信少年老成的說著。

「誰不會變老變醜啊？早晚而已好不好？你媽媽也四十幾歲了，你覺得她老，還是覺得她醜？」

「那是我媽媽，不一樣啦。」

「有什麼不一樣？就算穆棉滿面皺紋，我還是覺得她一樣可愛。若要漂亮好看的長相，我不會照鏡子啊？」

致信一時語塞，跟至勤說話，老被他的歪理打敗，覺得頗莫名其妙。不過……偷偷覷了一下至勤漂亮到女人都比不上的容顏，自己都會有點兒臉紅。

剛好穆棉回到家，打破了有點尷尬的沉靜。

「我回來了～啊？有小客人哪？」她笑嘻嘻的跑過來，摸摸致信的頭，「好可愛……你叫什麼名字？」

「不要騷擾我的朋友啦！」至勤皺眉，鮮少和陌生女人接觸的致信整個僵掉了。

「好凶唷……別吃醋，我還是最愛至勤啦！」

那個穆小姐，還有可愛的虎牙啊？致信不好意思的低下頭。

「幹嘛臉紅？」至勤沒好氣，「她只是摸摸你的頭。」

「我……我哪有臉紅？」

將致信送出去，至勤開了口。

「致信，你有沒有無條件愛你的人？」

他覺得莫名其妙，「當然……」在他腦海閃過許多人，但……就算是父母，對他也有所私心。

「那，有沒有隨時可以擁抱的人？不怕他會推開？」

「當然……」但是想了許久，居然找不到這個人。

「但是，我有。」至勤浮起溫柔而驕傲的神情，「我有。」

是的，我有。送走了致信，他走到穆棉的身邊。剛洗好澡的她，身上有著熟悉的香氣。

「還在生氣啊？」她微微的笑著。

「怎麼可能。」他自信的昂昂下巴，「那種野貓，不是我的對手。」

穆棉被他逗得笑彎腰。

「是的，不會是至勤的對手。」

為了保持這種優勢，他很努力的爬階梯。人生的階梯。他知道穆棉是個很優秀的經理人和創意人，所以他得加油趕上才行。

他可不希望將來穆棉將他介紹給別人的時候，別人的眼底只有鄙夷。雖然他知道，穆棉不會在意。

但是他會在意。

不過，他的大學聯考，卻考得不好，這讓他非常懊惱。打電話告訴穆棉的時候，他的聲音有點鼻塞。

「怎麼啦？沒考上？不要緊咩，想考明年可以考，不想考也沒關係啊……」

「不是。我沒考上T大。我只考到M大，私立的……學費又好貴……」他的眼淚真的要奪眶而出了。

穆棉放下心來，「這沒什麼咩……考上就是很棒的事情啊～等等我們去吃日本料理慶祝，好不好啊？」

「這沒有什麼好慶祝的嘛！我想考到T大，讓妳覺得很光榮啊～」至勤真的哭出來。

「考到M大，我就覺得很棒很棒了。真的！想想看，離我們家又好近，走路都會到ㄟ～什麼學校都好啊～真的真的～」

至勤哭了一會兒，安靜了下來。和他一起考到M大的致信倒是高興的差點發瘋，聽說他爸媽放了五層樓高的鞭炮，剛剛還送了一大籃的水果來感謝。

又不是我讓他考上的，謝什麼？

努力了一年多，結果不如預期，他覺得很沮喪。但是，穆棉卻不在意他考砸的事實，又讓他很高興。

考不好也沒關係，穆棉還是相同的愛他……或者說，愛她的貓。

但是，他真心的希望穆棉能夠以他為榮。沒考好，表示他們間的距離還是無法超越太多。

心急。

「不要。」吃過了飯，回家的路上，至勤突然抱住了穆棉。

「不要？怎麼了？」

「要等我，不要嫁給別人。」至勤無理取鬧起來。

穆棉睜大眼睛看他，笑了起來，「幾時我要嫁人了？」

「起碼等我大學畢業，等我當完兵，要嫁再說。」

「我不會嫁給任何人的。」穆棉安撫的摸摸他的頭。

「答應我。」他固執的眼睛非常清澈，幾乎可以倒映出穆棉的容顏。

這樣清澈的眼神之下，想要不答應都不行。

「好吧，一定。」她愛憐的抱著至勤的肩膀，「一定。」

也許這樣非常孩子氣……至勤的臉發起燒來。他在別人面前的堅強和冷漠，在穆棉面前，徹底的瓦解。

「我愛妳。」他抱著穆棉，含含糊糊的說。

「我也愛你啊。可愛的至勤貓。」

但是，我畢竟不是妳的貓咪。看著睡得很熟的穆棉，他常常要苦笑著衝到浴室，狠狠地沖起冷水澡，才能把邪念打消，乖乖睡覺。

笨蛋穆棉。我也是男人啊～

這種莫名其妙的信賴，害他覺得不知如何是好。

上了大學之後，致信變得很活躍，不但當了班代，身兼好幾個社團，成天忙進忙出。忙也就罷了，他還總是拖著至勤下水。

「我不要跟那種小孩子聯誼。」至勤很不開心的拒絕了，「神經病，相親大會啊？」一輩子沒見過女人？不怕被當，反而怕戀愛學分被二一？

一群小鬼。

「至勤，拜託啦～」致信跟他雙手合十，「你不要理人也沒關係，去當當活廣告啦～要不然外校的女生都虧我們沒有帥哥。」

「是沒有帥哥。」沒有就沒有，難道會死？

「別這樣啦～」致信一把拖住他，「我們是好哥兒們勒～你要怕穆棉誤會的話，我打電話給她～」

此地無銀三百兩。至勤恨恨的看著他，交友不慎，致信就是知道他的罩門。

悶悶不樂的跟著去了，鬧到最後，還跑去跳舞，他心裡記掛著穆棉，打了她的行動。

「至勤？乖乖～」穆棉似乎也在非常吵的環境，扯著嗓門，「今天公司聚餐，硬要我去第二攤……」

原本擔心她一個人孤單，聽到她有人陪伴，至勤鬆了口氣，「呵呵，我正要告訴妳，致信硬凹我去舞廳，我在這裡……」

他為了什麼抬頭，自己也不知道。

二樓聽著行動的穆棉，同時也看見了他。嘴角緩緩的蕩漾起非常溫柔的微笑。

「我也在這裡。」輕輕的朝著話筒說。

穆棉的聲音幾乎被震耳欲聾的舞曲淹沒了，但是在至勤的耳中聽來，卻是那麼的清晰。

可以排拒所有外面的聲音，只聽到他的，和她的聲音。

至勤自己不知道，他露出怎樣燦爛的笑容。在煙霧瀰漫，雷射光閃耀群魔亂舞的舞廳中，純淨的微笑，像是站在世紀末的廢墟裡，沒有性別的天使。

「可不是找到了？」穆棉的搭檔良凱笑著，「無性別的天使。」

「別鬧，至勤是外行人。」穆棉將眼鏡取下來，捏了捏鼻梁。

「就是他？妳的小男人？」良凱憐惜的看著疲倦的穆棉，輕輕的替她抓抓肩膀，馬拉松會議加上大吃大喝頹廢的宴席，真把嬌弱的她累壞了。

雖然她向來不承認自己嬌弱。

「至勤跟我住在一起，但不是我的。」穆棉微笑，「他是屬於他自己的。」

這小子也只有臉好看，還利用著穆棉的善良。良凱陰沉的皺了皺眉。

「說服他吧，穆棉。」良凱輕輕的在她耳邊說著，「我翻照片都翻煩了，現成的人選呢。再也沒比他更合適的了。」

這個漂亮臉皮會紅的。良凱在廣告這行打滾了這些年，已經能夠清楚的看到會紅和不會紅的分野。

他會紅的。很快的，名利就會淹沒了他，為了更多的錢和女人，他會急吼吼的，頭也不回的離開，不再附在穆棉的身上吸血。

對這樣的廢物來說，這樣的結局太仁慈了。他幫穆棉拿酒來，卻對上了至勤的眼睛。

亮晶晶的，憤怒的眼睛，灼燒著搭著穆棉肩膀的良凱。

「至勤。」穆棉的眼睛亮了起來，當著所有人的面，至勤牽著穆棉的手。

換良凱的心底不舒服。

穆棉低低的跟他說著當模特兒的事情，果不其然，他答應了。

冷笑著。如我所料。良凱脣間帶著冷笑。

看著穆棉難得溫柔的笑容，若是她的小寵物逃走了……她一定非常難過吧？

只是一瞬間的黯然，良凱對著自己說，穆棉不會孤獨的。和穆棉並肩工作這麼些年，雖然穆棉的心，總是封得那麼緊。

慢慢來，他願意等。為了穆棉的話，他願意。甚至連美國分公司負責人這樣的機會，他都可以放棄。

只要穆棉還在公司工作一天。良凱就一天不會離開。

機敏慧黠的穆棉，朝夕相處的穆棉……怎可輕易的讓那吃軟飯的小白臉活活糟蹋去？

「有酬勞嗎？」望著良凱，至勤冷冷的問著。

「有，當然有。」他說了個天價。

上鉤了。良凱笑著。俊俏的臉龐有著安靜的惡意。至勤卻沒注意到他的冷笑，反而拖著穆棉跳舞。

盡量快樂吧。看著穆棉和至勤跳著舞。良凱只是將酒一飲而盡。

穆棉讓至勤拉到舞池，只是溫文的挪動腳步，輕輕的笑著，和周遭狂烈的氣氛很不搭調。

也沒有什麼不好……但是至勤停下了腳步，皺著眉。

「穆棉，衣服不對。」

她看看自己的衣服，「我是去上班的，又不知道會來跳舞呀。」

至勤鬆開眉頭，微笑著拿下了穆棉的眼鏡，慵懶的眼睛。蹲下去解開穆棉前排釦的長裙，致信的眼睛差點突出來。

「穿幫怎麼辦？」穆棉沒有慌張，還是那樣嬌懶的語調。

「那妳的韻律褲，穿來幹嘛？」

長裙的釦子褪了一半，露出底下緊身的及膝韻律褲。襯衫的袖子捲起來，前襟鬆開兩個釦子。最後，至勤鬆開她纏得緊緊的髻，流瀉著烏黑柔順的長髮。

「我們跳舞。」至勤輕輕的在她耳邊說著。

兩個人默契十足的開始飛舞。這麼纏綿火熱著，用著眼神和肢體在震耳欲聾的舞廳滿場追逐，其他的人漸漸圍出一個小小圈子，讓他們狂飆起來。

向來穩重斯文的穆棉，卻爆發著沒人見過的能量，她舞到忘我，在嘈雜中，發出野蠻的喊聲。

他們在混亂裡，趁著別人不注意，悄悄的溜走。在徒步穿過植物園的時候，至勤吻她。

落在深深的綠蔭底，月色星光飛快的穿梭在雲朵間，明滅。這樣的空氣裡，充滿了桂花的香氣，這種清甜，讓人想要戀愛。

「穆棉。」

「嗯？」

「我愛妳。」

沒有回答的穆棉，只是抱緊了他，輕柔的吻了他兩頰無數次。

這樣的回答，是愛吧？

因為太晚睡，至勤睡醒的時候，發現穆棉已經悄悄去上班了。她的枕頭上，還有一根極長的頭髮，和淺淺的桂花香氣。

在這種安心的香氣和殘留的溫度裡半睡半醒，覺得這種幸福，怕是會不持久。幸福，帶點悽愴的幸福。

良凱的電話，擊破了這種憂傷的柔軟情懷。他客氣而疏離的跟至勤約下了時間拍廣告和拍照。

但是照相比他想像中的難多了。

「笑啊！白痴！你現在在幹嘛？守喪？媽的！笑啊～」攝影師終於失去耐性，吼了起來。

至勤的臉，鐵青。他將表情徹底的凝固起來，緊緊壓住右手，不讓自己砸爛那個攝影師和他的相機。

即將開會的前十分鐘，原本和良凱交談的穆棉，突然凝神在諦聽。良凱確定沒聽見任何奇怪的聲音。

「至勤。」她說。但是至勤在的攝影棚，離辦公室起碼三層樓。

「這麼擔心？他會沒事的。」良凱試著安撫穆棉，「再十分鐘要開會了，我們先沙盤推演一下……」

「這表示我還有十分鐘。」

在至勤幾乎和攝影師幹架起來的時候，穆棉氣喘吁吁的跑到攝影棚的門口，激怒的至勤正好看見了穆棉微笑的眼睛。

滿腔的厭煩暴怒，馬上丟到九霄雲外。他想起這個廣告屬於穆棉的公司，廣告的主力設計，就是穆棉。

望著她，穿透人群的望著她。像是想了很多很多的往事，也像是什麼也沒想似的。我和穆棉，在一起已經比一年還多很多了。

因為穆棉對他露出信賴而溫柔的笑容，所以，他也笑了。

暴躁的攝影棚，因為他那無性別的，生動而光潔的笑容，整個平靜下來。攝影師的怒氣消失得無影無蹤，他輕輕的，怕嚇到偶臨的天使似的，「就這樣，別動。」

穆棉對他按了按嘴，做了個飛吻。然後便轉身飛奔而去，一邊看著錶，還剩三分鐘。不願意遲到的她，少有的奔跑著。

沒有人看到穆棉的身影，所以，對於至勤戲劇化的轉變，都覺得莫名其妙。

相片沖洗出來的時候，現場一片讚嘆。

薄薄敷了點妝，膚色明皙的至勤，對著鏡頭展現他中性的美麗。只是一個沒有邪氣的微笑，卻成功的征服了整個沉默的會議室。

客戶發愣了又發愣，「不是女人？真的不是？」

第二年整個廣告預算，就因為至勤的微笑，敲定了。

廣告很成功。許多至勤的海報剛貼出去就被撕了下來。客戶乾脆把海報列入贈品的行列。

一下子，至勤算是成了名。一下子湧進了許多case和經紀公司的關心。

他卻不大關心這些。除了穆棉公司的廣告，至勤不會有興趣。

「電視劇？」至勤不敢置信，「我？」

「是呀是呀……」製作人諂媚的笑著。

「我不會演戲。」

「磨就會嘛，很簡單的……」

至勤覺得很荒謬。來這種無聊的開幕酒會，沒想到會聽到這麼霹靂的事情。

「如果你喜歡這張漂亮的臉皮……」至勤將手插在破爛牛仔褲的口袋裡，「我建議你翻個砂模，做張面具，往會演戲也演得好的人，比方尊駕您，一套，豈不省得外行人砸鍋？」他將那杯淡得沒有酒味的雞尾酒一飲而盡，「失陪了。」

穆棉被老闆抓得緊緊的，沒空跟他說話，只能抱歉的看著他。

他對穆棉伸伸舌頭，還是乖乖的，忍耐的等。

「推掉這麼一個大好機會？」良凱不知道從哪冒出來，冷冷的笑。和至勤並肩靠著牆站著。

「我不會演戲。」

「是啊，演戲太難了，比不得站著讓人拍照。這麼複雜的事情，不是你這樣子的漂亮腦袋瓜處理得來的。」

至勤揪住他的前襟，將他壓在牆上，「我已經說了，我不會演戲。」他的眼睛在冒火。

「穆棉在看這邊唷。」這才讓至勤不情不願的住手。

「不准你叫她的名字。」

良凱的眼神冷下來，「不該叫她名字的人是你。我認識穆棉將近十年，從來沒有放棄過愛她的希望。你是什麼東西？憑著一張漂亮的臉皮打動她的心？」

良凱的心刺痛了起來，這麼漫長的時間……這麼這麼這麼的漫長。

正要發作的至勤，突然笑了起來。

「我不是東西。」他的語氣歡快平靜，「我是穆棉的貓。起碼是頂賽茵的缺，」他替良凱整理整理領帶，「你可以繼續不放棄，但是我卻可以睡在穆棉的家裡。」

如果人不行，那麼貓可以。若是這樣才能介入穆棉的生活，他很樂意當穆棉的貓。

良凱的眼睛幾乎噴出火來。沒一會兒，他笑了。

「你以為，用寵物這種身分切入她的生活，將來可以『扶正』？別傻了。你根本不認識穆棉，你根本不認識所有的穆棉。」

雖然想轉身就走，但是為了多聽聽穆棉的事情，至勤居然留下來，聽著良凱無所不在的侮辱。

「你根本不認識穆棉。現在的穆棉只有百分之二十是活著的。你根本不認識以前光豔似烈陽的穆棉……你沒看過穆棉穿著輪鞋，在公司裡飛快來去的樣子……」

直到極晚，穆棉才能拖著非常疲勞的身體，跟著至勤回家。喊她的名字，她賴在地毯上，不肯去床上睡。

「我還沒洗澡……」她咕噥著，撒賴到讓至勤好笑。抱著她，良凱的話卻如影隨形。

她永遠也無法愛你的。

「穆棉……」輕輕喊著她。

「唔？」

攏著她的頭髮，猶豫著不知道怎麼開口，「穆棉……穆棉會溜冰？」

背著他躺著的穆棉，輕輕的笑出聲音。

「良凱那大嘴巴……在我背後嚼舌根？」

「真的會？」

「會喔。」穆棉的精神好了些。

「直排輪？」

「我們那時候哪有直排輪哪？」穆棉打了個大大的呵欠，「我都到冰宮溜冰刀。」十幾年前的西門町，有好幾家冰宮。在那個髮禁、舞禁未開放的時代，到冰宮溜冰，算是很好的替代方案。

整天播放著熱門音樂，發洩體力的溜冰競技，一下子風靡了許多少男少女。

「為了溜冰，我還將每天的午餐費省下來，每隔幾天就蹺課去溜冰。後來被媽媽逮到，抓回來打了一頓。那時我才國中，跪在地上哭得要死，打完了，媽媽亮了一大本門票，『聽著，只要妳大小考有九十分以上的卷子，拿來跟我換冰宮門票。想溜就可以去溜，但是書得先給我念好！』」穆棉笑瞇了眼睛，「為了想溜冰，硬逼著自己念書念得快吐血……」

那是一段規矩又狂飆的日子。她每天用功念書到深夜，到了週末週日，她會打扮得漂漂亮亮，在冰宮裡溜冰。

「那時候，我可是有很多乾哥哥的。」

朋友雖然三教九流，穆棉一直沒有變壞。但是在保守的時代，和一大群一大群男生呼嘯的進出冰宮，還是被關切過。

「大家都說，那個穆棉絕對考不上大學。臨大學聯考不到兩個月，我居然還在冰宮廝混。所以，那天廖哥哥叫住我的時候，我已經不知道被多少輔導員輔導過了。」溫柔而恍惚的眼神，嘴角噙著迷離的微笑，「他很有耐性的想把我拉回正途，我將模擬考的成績單在他眼前晃晃。對的，他不再試著輔導我，但是我考上了他所在的大學……他一直關心著我，疼愛著我，一直一直。」

她的眼神呆滯，不一會兒，慢慢的閉上眼，睡去了。

廖哥哥。若是他沒記錯，那位廖先生，應該單名一個「君」字。良凱提到這個應該算是情敵的對手，卻充滿敬意的喊「廖學長」。雖然他們根本不同科系。

「……穆棉還在等他回來嗎？」至勤的心頭一沉。

「他永遠不會回來了。連同穆棉的父母、廖學長長居日本的爸媽，一起在空難裡過世了。」

如果……如果知道穆棉會變成這種樣子，良凱寧可穆棉嫁給學長。

讓嚴重塞車誤了飛機的穆棉，改劃第二天傍晚的位子。充滿即將結婚的喜悅，她到公司耗了一天，將手邊的工作清完。等下午良凱確定了空難的消息，心臟突突的聲響，自己都聽得見。

衝進穆棉的辦公室，只見一室空空蕩蕩，焦急的問警衛，只知道穆棉面如金紙的衝出去。

瘋狂的四下尋找，最後在穆棉家的衣櫥，找到滿面淚痕，眼神空茫的她。

良凱的心絞痛了起來。

那場空難，埋葬了兩個家庭，也徹底的毀了穆棉，毀了佻達活潑的她。

「該死的華航。」他重重的將杯子頓在桌子上，「該死！該死！」

這麼深的夜裡，至勤的耳邊似乎迴響著良凱當時憤怒的吼聲。

但是，他既不認識以前的穆棉，那麼，又何必哀悼過去的她？

至勤錯了。他發現自己真的錯了。

為了西門町的化妝嘉年華，穆棉興奮的像是個孩子，尤其是直排輪的表演更是目不轉睛。

「冰宮關了，玩輪鞋的孩子還是在的。」眼角含笑的穆棉這麼說，至勤握緊了她的手。

跟著遊行隊伍又跳又笑，即使不認識過去的穆棉，現在也看得到一點點那時候的影子。他突然忌妒起良凱。

穆棉的過去他都參與到了，現在每天還跟她相處八個小時。從某個角度來說，良凱的確得到穆棉的某個部分。

他是穆棉不可取代的夥伴。

用力搖了搖頭，「穆棉，我們走。」

還陷在火熱狂歡氣氛裡的穆棉，一時沒有會意，「走？」

他帶穆棉選了一雙直排輪，也替自己買了一雙，「我領到笑酸牙的酬勞了。」

穆棉嘴巴圈成一個「○」形，驚喜的不知道該怎麼辦，抱住至勤的脖子又親又啃，無視一旁駭笑的店員。

他的口袋裡還有到綠島旅行的機票和住宿券，為了帶穆棉去玩，他才答應了這種賣笑的工作。

只要看到她的笑容，什麼都是值得的。

「真糟糕，我好久沒請假了。累積了快半年的假，從來也沒請過。」她輕輕的吐吐舌頭，至勤擰了擰她的鼻子，就是，真糟糕。看她沒天沒夜的工作，他心痛不已，又沒有能力帶穆棉去哪裡。

本來想去泰國的，為了直排輪，只好改到綠島。

穆棉……不介意吧？

「我領了酬勞，今天一天，都我請穆棉。」將直排輪寄放在店裡，至勤少有的露出無憂無慮的笑容，穆棉將手勾著他的臂彎，覺得那笑容像是初夏的陽光般揮灑在她的身上、心底。

和至勤一起，這種幸福感……她的心底卻悄悄一沉。她用力搖搖頭。

不想，不想。

在西門町漫步，穆棉叨叨絮絮的指著西門町有過的光輝和少女時的荒唐。

抽菸和喝啤酒就算荒唐了？至勤覺得少女穆棉的純真，似乎也殘留在已經三十七歲的穆棉身上。

越認識她，越喜歡她。心裡的一點點溫柔，像是漣漪一樣漸漸擴大，擴大，擴大到整個心房，整個人。浸漬著肉體和靈魂。

是的，我愛，我愛穆棉。不管是哪個面相。

「呵～看！至勤～佳佳還在ㄟ～」她衝進唱片行，至勤笑著跟進去。穆棉像是小女孩進了糖果鋪，張大了眼睛，貪婪的到處看著。

然後她的笑容突然完全消失，愣愣的看著手上的CD。

「唐尼和瑪麗。」

至勤看著她手底俗豔的包裝，「穆棉？妳還好嗎？」

她臉色慘白，兩頰卻潮紅。穆棉笑。

「他們的節目……叫青春樂。對，就是青春樂。他們帶著一個溜冰團……但是那個溜冰團的名字，我忘記了……」

她什麼都不要，就買了那片CD。像是太陽下山般，她的笑容也跟著消逝，整個回家的路上，她都默然。

蜷曲在CD音響前面，反覆的聽那片CD。至勤擔心的抱住她，她像是除了軀殼，整個人都不在了。至勤慌了。

像是在夢囈的聲音。

「……好喜歡他們的表演唷……他們都穿著冰刀主持節目……每個禮拜我都要看，連廖哥哥和我的約會都不去……結果，你知道嗎？廖哥哥來陪我看ㄟ……他抱著書來陪我……我看著節目又笑又拍手，他依在我身邊笑咪咪……他從來都討厭看電視的……但是他讓我看，自己盯著厚厚的書。那本書是什麼？廖哥哥？我想不起來你抱哪一本……經濟？佛學？還是純數？還是，都有呢？我從來不肯努力念書，你看過的書我都沒看過……現在我都看過了……你知道嗎？真的很有趣……我好想跟你說……我也開始喜歡純數了……」

眼淚橫過她微笑的臉，緩緩的滴進至勤的袖子。

「廖哥哥……我很膚淺吧？我不太愛念書，整天都是玩玩玩。我帶隊去打排球，你也跟著去加油。你明明討厭這種無聊的競賽，但是你還是笑咪咪的。你不會溜冰不會跳舞，但是你還是陪我去冰宮去舞廳。冰宮的伯伯都認識你了，他讓你進來，從來不收你門票……因為他知道，你只是來陪我的……你只是站在場邊，盯著手裡的書……可是我向你招手的時候，你都知道要抬頭對我笑……廖哥哥……沒有人會在舞廳的小桌子算純數的……但是吧台的阿舍卻特別為你留了一小盞檯燈，讓你陪我來的時候不會無聊……大家都喜歡你……我也……我也……我也好喜歡你……」

穆棉在瑪麗歡快的歌聲裡蒙住臉。

「廖哥哥……我不是故意在馬友友的演奏會時睡著的……我不是故意在演講廳畫漫畫的……你總是那麼好，總是說：『只要小棉肯陪我，高興做什麼都好呢。』我們互相陪伴這麼久了……現在我聽馬友友的CD會流淚了，我也會專心聽演講了……但是你卻不陪我了……」

「他死了。穆棉，他死了。」被強烈的忌妒射中心扉的至勤，殘忍的說，「所以妳說的這些話，除了我聽見之外，他是永遠聽不見了。」

穆棉突然將至勤一推，跳起來往門外衝，一個沒留神，居然讓椅墊絆倒了，慌張的她又拉下了整個桌布。

一片嘩啦啦的聲響，趴在這片混亂中的穆棉動也不動。

至勤全身的血都冷了。他發著抖，懊悔自己不知道跟她爭些什麼。「穆棉？穆棉？對不起……穆棉？」

「沒事。是我不小心……」她壓住太陽穴，破裂的瓶子碎片在髮際附近割出一條傷口。抑止不住的眼淚，還在不斷的流，「只是停不下來……不是痛……」她慌張的拉著面紙擦拭臉上的血和淚，像是做錯了什麼事情似的。

至勤抱住她，痛痛的哭了起來。

茫然了片刻，「不哭不哭，」反而她轉過頭來安慰至勤，「不痛的，不太痛的……」

之後她將CD收起來，絕口不提過往。

但是穆棉在失神。

她像是魂魄遺失了某個部分，回到家，發呆的時候多了起來。至勤只能看著。

她知道至勤擔心，但是她就是沒有辦法。站在門口發呆了半天，居然找不到自己家的鑰匙。

這樣不成的。至勤根本不能睡覺。她知道自己的失眠總是讓至勤擔心的無法睡眠。不成的……一進門，瑪麗奧斯蒙甜美的聲音席捲而來。她站在門口，拚命建築起來的防禦工事完全瓦解。過往如淒豔的惡夢，撲上身來。

背著夕陽，穆棉看不清楚等她的是誰，有個人……八年前有個人……總是這樣的等著她。然後他會闔上書本，說：「回來啦？親愛的小棉。」

至勤說：「回來啦？親愛的穆棉。」

廖哥哥不會回來了……但是至勤怎麼會在這裡？他真的只是頂賽茵的缺嗎？站在玄關，她淚如雨下。

至勤走過來，緊緊抱住她。

「對不起……」穆棉哽咽的說著。

「噓……都是我不好……我才該說對不起……我只是突然好忌妒……」至勤吻著穆棉頰上的眼淚，「對不起……對不起……」

桌子上一疊CD，都是奧斯蒙家族的。不曉得至勤跑了多少二手CD店弄來的。

穆棉又紅了眼睛。

「我們去綠島玩好嗎？」抱著她，至勤痛惜著，又消瘦了幾分，失眠加上吃得少，怎麼受得了？

穆棉點頭，覺得至勤的背消減不少，真是……弄得她哭出聲音。

「明天早起去溜直排輪？」

「我不會溜。我不溜冰快十年了……」穆棉讓至勤擦著眼淚。

「我也不會溜。不過，我們一起去試看看，好不好？」

如果穆棉的過去無法參與，那我們就來締造未來。

沒多久，穆棉和至勤就能並肩一起溜直排輪了。穆棉的手腳纖長，溜起直排輪，帶著冰刀的優雅。至勤漸漸了解良凱對穆棉的愛慕了。

誰能不愛一個聰慧、優雅，卻也生氣蓬勃，喜好打球和溜冰的女子？不管怎樣的場合，她都能興致勃勃的度過每一分鐘。

即使只是去漁港，都能讓她高高興興的細數有關魚類的種種生態和故事。

沒有什麼是穆棉不會的。聽著她溫柔的嗓音，彈著借來的吉他，唱著〈三百六十五里路〉，在暮色四合的漁港黃昏。金鱗般閃爍的向晚海面，深碧得悽愴。

「穆棉，不要嫁人，等我。」在外人面前冷漠早熟的至勤，也只在她的面前露出這種孩子般的神情。

停下了吉他，她摸摸至勤的頭，從她雪白的指縫，可以看到重紫淺藍的雲彩天空。「不嫁人。只跟至勤一起，好不好？」她的聲音很輕，帶著哭泣的尾音，「但是門開著，至勤可以走，知道嗎？」

「我不走的。」但是穆棉卻只是軟弱的笑笑。

「大家都會走的。都會走的……」她眼神朦朧起來，帶著恍惚的笑容，輕輕的撫著至勤柔軟的頭髮。

至勤為了她那帶著哭泣尾音的話，低潮了好幾天。但是既然接了模特兒的工作，他還是很盡職的，笑。

自從良凱諷刺他是米蟲以後，至勤發瘋似的接了很多拍廣告拍照的工作。誰都能用眼白看他，就是良凱不行。

為了豐厚的酬勞，他咬牙忍耐不喜歡的工作，盡量讓自己像個傀儡娃娃。

拍多了，來來去去總遇到第一次幫他拍照的攝影師，至勤也知道他很受人敬重，大家都叫他烈哥。

這天，在攝影棚強烈的燈光下，烤了一天的口乾舌燥，大家熱情的相邀吃宵夜，至勤木著臉搖頭，坐在偌大的攝影棚，逗著別人的小貓，回來拿外套的烈哥，看見孤零零的至勤，不知怎地，動了一絲可憐的感覺。

這粉面小子看起來活像被拋棄的貓。白長了個大個子和凶狠的面相，烈哥向來對於小孩和小動物心軟。

他粗聲粗氣的喊至勤，「小子！縮在那兒幹嘛？大家都去吃宵夜了，怎麼？怕肥啊？」

至勤橫了他一眼，「我很難胖。」

語氣這麼生硬，但是眼睛卻籠罩著無辜的憂傷。烈哥搔搔頭，對於這個漂亮得比娘兒們還生得好的小孩，不知道該怎麼對待。

「平常不是一下工就溜啦？今天怎了？還賴著？」

「……」他靜了半晌，「穆棉出差去了，家裡沒人。」

換烈哥靜了半晌。「你真的跟穆小姐同居啊？」他的聲音大了起來。

「不可以？」他的語氣卻冷靜而平淡。

烈哥又搔頭，「也不是不可以……穆小姐可是個好女人……只是她可比你大些。」

「十七歲。穆棉大我十七歲。」

烈哥的下巴掉了下來。

「當攝影師會不會賺很多錢？」至勤問。

烈哥還沒從驚訝的情緒裡恢復，「啊？呃？哦～是啊，不是不是！攝影師不一定會賺大錢……」

「我想也是。當模特兒能不能賺很多錢？」

「要錢跟穆小姐要吧，」烈哥突然有點討厭這個娘娘腔，「我聽說她很有錢。」

至勤的眼神越發孤寂，「我想多賺一點錢，早點離開穆棉的家，獨立起來。不要再依賴穆棉。」

「啥？你說啥？」

他沒有答腔，將臉埋在兩膝間，烈哥對於至勤的哭泣，手足無措起來。

「喂喂喂～別在這裡哭哪～」他慌了手腳，聽說這小子快升大二了，怎麼還是說哭就哭？真跟娘兒們一樣。

「別管我。」

怎麼不管？烈哥搔搔頭，「男兒有淚不輕彈你不知道？咳，喝酒啦喝酒啦，我們去PUB喝酒。」

這倒讓至勤止住了淚水，換上狐疑的表情，「我不是GAY。」

花了一分鐘，烈哥才懂他的意思。

「靠～我也不是GAY！操！我對沒有胸部的動物才沒有興趣！」烈哥氣得腦血管差點爆了，「死小鬼！你到底走不走?!」

「走。」面對烈哥暴躁的脾氣，至勤的無動於衷，讓烈哥更氣結。

帶他到PUB，烈哥馬上就後悔了。至勤身邊馬上圍了一堆嗡嗡叫的蒼蠅，都是些尖聲吱吱叫的小女生。

操，他是這間PUB的老主顧，從來也沒有女人來搭訕過。滿心不是滋味的喝著悶酒，沒想到至勤無表情卻清亮的聲音傳過來，差點害他嘴裡的螺絲起子噴出來。

「先問過我的1號，我再考慮考慮要不要3P。」

他瞪圓了原本就凶相的眼睛，圍在至勤身邊的小女孩馬上一哄而散。

「……你……」天啊～以後他不敢再來這家PUB喝酒了！

「她們太吵了，只好唬唬她們嘛。」他倒一臉無辜。

誰說好心有好報啊?!烈哥幾乎想哭出來。

原本促狹笑著的至勤，突然全身肌肉繃緊，望著幽暗角落的那一端。順著他的目光看過去，一個留著如瀑長髮，肌膚雪白的女子，穿著尖細的高跟鞋款款走過。

這刹那，烈哥突然很感動。「那不是穆小姐啦。你要相信攝影師的眼光。」

至勤放鬆了下來，眼睛卻寫著失望。「是啊，她要後天才回來。」

「你真的愛上她啊？那幹嘛搬出去？」

習慣把心事往肚子裡吞的至勤，突然覺得自己再也忍不住了。

「就是因為太愛她，所以希望她能以我為榮。」他的聲音低沉著，「現在用她的錢住她的房子被她疼愛，但是我卻只能寄生著。還要害她被人家笑。」

「就因為這種爛理由喔。」烈哥開始灌一番榨。

至勤沉默著。喝完那杯挪威森林後，眼神空茫：「當然不是。我只希望自立以後，可以從頭回來追求她，就不會有人說話了。」

「我希望她挽著我的時候，能夠為我感到驕傲。好想趕上她……但是，似乎永遠不可能……」他想到良凱，心裡一陣刺痛，「我什麼也不會，除了這張臉皮，什麼也沒有。」

烈哥抹抹嘴，開始吃無花果，「你知道嗎？除了第一次你拍的廣告照外，其他的相片，全是垃圾。模特兒可不是那張臉皮就行了。」

「不管你喜不喜歡，你既然在這一行裡謀生，就要敬業一點。我問你，那次拍照把我氣得差點中風，又為了什麼突然開竅？」

那天嗎？至勤拉起一個模糊的笑容，感傷而溫柔的笑容。「那天穆棉來了。」

烈哥看著他，「你的心裡除了穆棉，沒有其他的東西嗎？」

「我不喜歡在心裡裝垃圾。」至勤喝著冰開水。

「那就更愛穆小姐一點吧。」烈哥笑笑，「朝著鏡頭，用你能想到的眼神和表情，告訴她，你愛她。」

「你以為廣告是什麼東西？廣告不只是告知大眾消費而已。在全開或半開的海報、半版或全版的報紙、公車、幾秒或幾十秒的電視和廣播，就要讓人感動。這種感動的層次和電影或小說給予的感動，其實沒有什麼差別，反而難度更高。」

抓著至勤，有了幾分酒意的烈哥，拖他到PUB的另一端，頹廢嘈雜的囂鬧，牆上的畫依舊靜默。

「看著！這是翻印了又翻印的複製畫，經過好幾百年，它依然感動許多人。你是教徒嗎？」

「不是。」

「我也不是。但是我卻被感動的非常厲害。為了這幅複製畫，我還遠渡到法國去看原畫。真正的感動是橫越族群的！小子！你有感動別人的資質。這是才能，也是長處。你做了模特兒這行，就做好它！你知道模特兒怎麼寫嗎？」

至勤狐疑的沾了點酒，在桌子上寫了「模特兒」三個字。

「不對，不對。」烈哥也沾了些酒，寫上「魔忒兒」。

「站好。我要你好好站在這裡五分鐘，看這幅畫。放鬆自己，看這幅畫！不管想到什麼，或看到什麼，讓自己接受那種情緒。你要記住，站在鏡頭前面的你，就是能主宰自己魔力的畫中人，要觀看的人如何感動，都是你的演出。所以，不要動。」說完，烈哥就離開了。

烈哥只要他站五分鐘，他卻站了半個小時。

那是幅「耶穌受難圖」。很尋常的題材。基督剛從十字架上被放下，長釘穿刺過的地方還在流血，死了。年少美麗的聖母從背後抱住他，仰頭流著淚。天使悲憫的拿來水壺，幾個年少的天使也相擁而泣。

但是聖母的表情如此豐富多變。哀傷、疼惜、憤怒，居然還有一絲絲的，如釋重負，和，歡喜。

歡喜還能抱住親愛的人。

無瑕的美麗聖母，和臉上刻著苦難的聖子。

他的情緒一下子恍惚起來，回溯了許多愉快和不愉快的往事，最後在穆棉的身上聚焦。

等烈哥來搖他，至勤才驚覺自己淚流滿面。這種強烈的感動，在他心底久久不散。

「我也可以嗎？」也能讓看著我的人這麼感動嗎？

「當然。」烈哥說，「漂亮的人滿街都是。這個圈子不缺漂亮，但是缺靈魂，還嚴重缺貨。」

他仔細的看著至勤強烈意志的眼睛，「是的，你可以輕易的感動鏡頭。」

「因為你是魔忒兒。」

之後，烈哥投入另一個案子，好幾個禮拜沒有想到至勤。等他和至勤再碰面的時候，站在他面前的至勤，凝聚的魅力，光光用眼睛看著，就幾乎讓人窒息。

過了幾天，烈哥將至勤的毛片給他看，他笑了。

「還可以，不是嗎？」

烈哥敲敲他的頭，「不曉得哪來的鬼小子，男男女女都該為你瘋狂了。」

至勤很快的成為新偶像。但是他相當堅持自己的生活。不接受訪問，不演戲，不在大眾面前曝光。平常的他只是個穿著牛仔褲T恤的好看男孩子，一站到鏡頭前面，就成了顛倒眾生的天魔。

他自己覺得該然，烈哥卻讓他從鏡頭看別人。好奇的他，透過鏡頭看其他的模特兒，一驚之下，險些跳起來。

「那是活著的人嗎？」他有些驚嚇，從鏡頭看出去，彷彿看到泥塑彩繪的傀儡娃娃。

「你不知道？以前你就是這個樣子。」烈哥笑笑。

休息的時候，至勤將手指圈成一個方框，看出去。真奇怪，只是從鏡頭看出去，一切如此不同。

後來烈哥要他跟著去攝影棚打工，他也沒有推辭。為了獎勵他的用心，烈哥借給他一部傻瓜相機。

「這很貴吧？」在攝影棚流連久了，當然知道這種非常聰明的傻瓜相機。至勤不肯收。

「收著吧。又不是給你。只是借你用用。」烈哥越認識至勤，越喜歡他的好學和不怕苦，「試試看，從鏡頭裡看真實。」

我要拿來拍穆棉。迫不及待的跑回家去，趁著穆棉熟睡的時候，想將穆棉溫柔的睡臉拍下來。

但是，從鏡頭看出去，他只看到一個疲憊的女人，眼睛有著疲勞的黑眼圈，悄悄的開始有細紋在嘴角和眼末囂張。將相機放下，在他眼前的穆棉，還是他最愛的，輕易引發他心底酸楚柔情的穆棉。

至勤拿著相機，怔怔的看她，窗外的水光在天花板瀲灩著，混合著透明的月光。躺在這片水光中，像是冰封在淡藍色的海底，睡眠中的人魚公主。

但是相機裡看到的卻不是這樣。這讓至勤覺得困擾。

為什麼有這種差別？因為我愛穆棉嗎？

「你的心裡，除了穆棉，沒有其他東西嗎？」不經意的，他想起烈哥說的話。

是嗎？為什麼，我這麼的愛穆棉？只是因為我愛她，還是因為……沒有歸屬的我，盲目的抓住穆棉，就像溺水的人抓住浮木？

我愛穆棉嗎？這種情緒就是愛嗎？什麼是愛？

他環顧熟悉的房間，卻覺得陌生。他和穆棉住在這裡三年了。像是從來沒有想過自己的定位。一開始，只想當穆小姐的貓免於餓死，後來覺得自己愛上了穆棉，希望給她終生幸福。

但是若是給她的愛情不純粹，那麼，這種混著木屑般雜質的情感，還能夠馬虎的供應給穆棉嗎？

良凱的譏諷和指控，就像在眼前。或許，我該離開？

但是這種念頭卻讓自己產生了強烈的哀傷和苦痛。他和衣倒在被上，看著她。

現在的至勤，很可以養活自己了。就算現在從穆棉的家裡出去，他也不再是雨地裡，幾乎餓死的小孩子。穆棉不是他不得已的選擇了。

但是不要，不想，也不肯離開穆棉。

看著她，像是回到那幅耶穌受難圖的面前。他忽然了解了些什麼，雖然一切仍墮五里霧中。

他還抱住熟睡的穆棉，像是這樣就可以守護她脆弱的夢。

＊　＊　＊

自從打工和上課成了至勤的生活重心後，作家事的時間越來越少，穆棉又請了個鐘點女傭來打掃，不讓至勤辛苦。

難得穆棉提早回來，訝異的發現至勤早在家中等著，身邊散著漫畫。至勤對著她微笑。這個微笑，不管在車廂還是街邊，報紙與雜誌，恍恍悠悠的勾著她的魂魄。

穆棉也微笑，心底酸楚的溫柔，悄悄的冒上來。

「吃飯了嗎？」兩個人異口同聲的詢問著對方，笑了。

握著手，一起去附近的夜市吃飯，沒有星星，昏黃的燈泡和銀白的照明燈，人間柴米油鹽的華燈初上。

「我是穆棉的无。」至勤透過冉冉的食物熱氣，對著她說。

「無？」

「嗯。穆棉是我的佩。」

原本沒聽懂的穆棉，心底恍然的哦了一聲。

我是三眼族？她微微笑著。我保管著至勤的「命」，好讓他無敵？

因為穆棉保管著我的「命」，所以……我開始不懼怕。

相視一笑。

但是……雖然是夏天，穆棉卻嗅到秋天的悲涼。

无嗎？這是無的古寫。無就是什麼都沒有，一切，什麼都沒有。

穆棉露出這種恍惚又迷離的笑容時，至勤都會擔心得握緊她的手。

「她」到哪裡去了？這樣心魂不在的眼神。

即使在攝影棚裡打著工，一到了休息時間，至勤就會猛然的想起穆棉溫柔而朦朧的笑容。

無意識的在紙上塗著鴉，慢慢的，用相機抓不到的穆棉，透過一筆一筆的清晰，傳神的隔張紙，對他微笑著。

至勤也微笑，這樣喜悅的笑容讓烈哥覺得奇怪，他探長了頭看。翻了翻幾張雜亂無章的塗鴉。

「哎唷，學過素描也不說。上回那個爛布景也不幫忙修。」

「我沒學過素描。」至勤把塗鴉搶回來，不想穆棉讓別人看去。

烈哥站直起來，笑笑著，「那是穆小姐？」

至勤點頭。

「不錯的主意，既然相片拍不出她的樣子，畫畫是個不錯的方法。不過，原子筆畫的像不容易保存喔，何不畫成油畫？」

「油畫？我不會畫油畫。」

「不會？學就是了。以前你會攝影嗎？」烈哥不以為意的說著，剛好休息的時間過去，他吆喝著開始工作。

學就是了。他每天上課都要經過西畫社的畫室，從來沒想過參加，怔怔的看著裡面的人拿著筆在畫布上塗抹。瞪著雪白的畫布，像是當中有些什麼想掙扎著出來。

他參加了西畫社。

工作和功課外，他多了西畫社分配原本就不夠的時間。致信又挑在這個時候找他加入漫研社。

「漫研？」忙得有點暈眩的至勤看著他，「你哪看什麼漫畫？你不是只看A漫嗎？

還是漫研改研究A漫了？」

「胡說！不要侮辱我的人格好不好？」致信慷慨激昂的說，「那是少年時的荒唐事蹟，現在我已經把生命奉獻給漫畫了！我最近正在努力的K《吸血姬美夕》ㄟ！你了解嗎？關於吸血鬼這種題材，美夕又另開了新的局面和世界詮釋……」

等看到漫研美豔的社長，至勤心底才恍然的哦了一聲。

他媽的奉獻生命給漫畫，狗屎的致信，死虎爛白目。

但是，至勤還是認命的陪他去漫研，在致信和社長打得火熱，怠惰社務的時候，他這個倒楣的好朋友，還得出面管理漫研社。

這麼一來，他忙得連睡覺的時間都沒有了。能夠待在家裡的時間越來越少，回到家除了面朝下的倒在床上，幾乎連清醒的時候都沒有。

漸漸的，至勤常常要一兩點才回到家。等穆棉睡著了，他還在外面忙著，等早上穆棉去上班，他仍然在床上熟睡。

穆棉一直沒說什麼。偶爾半夜驚醒看見至勤還在身邊，就能滿足的再睡去；清晨時能夠撫摸熟睡中的他的臉，就覺得已經算幸福了。

雖然這種幸福，有著鏡花水月的悲愴。

但是穆棉不願多想。若不是半夜裡醒來，發現至勤不在床上，她找遍了整個屋子，仍然一無所獲，她不會呆呆的盯著已經三點半的時鐘發怔。

這個西曬的房間，一到了月亮決定回航的時刻，總是滿滿一室侵奪的月光。這初秋，冰涼的氣溫帶來錯覺，一接觸剛睡醒的溫暖肌膚，居然有強烈的滾燙感，像是月光會將人燙傷般。

穆棉靜靜的躺著，直到四點整，月亮更斜，更清楚的整個出現在她的眼前，她對著自己笑。

不是月光會使人燙傷。而是月光帶來的寂寞，會將人燙傷。嚴重的燙傷。

她笑著，繼之潸潸的淚，然後蒙在被子裡，緊緊悶住聲音的嚎啕。

穆棉的不對勁，只有良凱發現了。

外表上，穆棉比以前更積極，也更努力的工作。她的創意源源不絕，屢屢創出令人驚嘆的佳績。但是這種反常的狂熱，卻也投射在平常的暴怒和急躁上面。

「怎麼了？穆棉？」在她剛發完脾氣，嚴峻的要求屬下重新來過的時刻，良凱看著她。

「那種爛企劃，居然有臉拿上來。」穆棉朝著電腦打字，試著提出更好、更讓客戶接受的企劃。

「我知道是爛得很，」他撿起讓穆棉丟得遠遠的檔案夾，「但是需要發這麼大的火？」

「我沒發火。」穆棉連頭都沒抬。

「穆棉……」

「出去，良凱。我得靜下心來想這個案子。」

穆棉怪怪的。他覺得擔心。即使下了班，回到家裡，他還是想著這些天來穆棉的異常。

這種樣子……時而躁進時而憂鬱……

他從床上坐起來。打到穆棉家裡，沒有人接電話。打她的手機，關機中。

他胡亂的套了件外套開車到公司去。太像了。這個樣子，良凱自責著，為什麼沒有發現？她現在的樣子……

就跟空難剛發生不久的樣子一模一樣。

公司一片漆黑。當然，現在應該沒有人了才對。

正想離開的良凱，卻在這片黑暗中，聽到了低低的哭泣聲。

他知道公司鬧鬼很久了。偶爾回來拿東西的員工，聽到了漆黑的公司裡傳來找不到的女人哭泣聲，這種傳聞越傳越烈，良凱都只會直斥為無稽。

輕輕的推開穆棉的辦公室，裡面空無一人。但是深夜裡的哭泣聲卻如影隨形。

勉強壓抑自己的情緒，打開壁櫥。這原本是讓穆棉將外套掛起來的地方，位置僅僅讓一個人站在裡面而已。

穆棉沒有站著，她屈著窩在這個狹小的空間，眼淚不斷的溢出來，看見良凱找來，她羞赧的將臉面向裡面，卻沒有辦法停止哭泣。

就像多年前，他在衣櫥裡找到穆棉的光景一樣。他的心……深深的絞痛。

這麼多年了……她一直無法痊癒。已經這麼多年這麼多年了。

「穆棉……我在這裡。」良凱輕輕的喚著她。

你也會走的……穆棉的哀傷更無法止息。誰都會走的。

就算是至勤，他也打算離開了。沒有辦法停止的嗚咽，像是將她沉浸在淡藍色憂傷的海水底，無法呼吸，也無法死去。

只能夠不斷的哭泣而已。

這淡藍色的憂傷海水，竟是她的眼淚所致。

「我們去看醫生，好不好？」蹲下來，良凱溫柔的問著。

只顧著哽咽，她沒有回答。良久，「不要管我。凱，我很快就會好了。」

「是至勤？我就知道……」他開始暴怒。

「不要胡說！」穆棉睜圓了眼睛生氣，「跟至勤沒有關係的！」提到他的名字，止不住的淚水又落了下來。

「好……穆棉……不要緊，沒有關係……」良凱放軟聲調哄她，「要看醫生，真的，穆棉……這樣哭泣是不行的……」

「我不要看醫生……」她握住溼透的手帕。

「要看。不要讓我這麼擔心，真的。穆棉，這樣換我不能睡覺。」

她空茫的眼神沒有焦點，這麼熟悉，卻也這樣的牽引良凱的心。

「看在我還在妳身邊，也一直在妳身邊的份上……好嗎？好嗎？」

穆棉靜了下來。覺得虛脫。也許，我真的該看醫生。要不然那天來的時候，我真的會徹底的崩潰。

那樣不好，至勤會覺得是自己的責任。

輕輕的點了頭。過度哭泣的她，神情安靜而麻痺。良凱扶著她，穆棉也沒有拒絕。

一直在妳身邊……這話說出來，良凱覺得有幾分心虛。

事實上，為了逃避這種無望的愛情，他結過婚。遠遠的從台北調到高雄，在炎熱的南台灣，認識了打籃球的羅絲。在中山大的夕陽餘暉裡，她顫巍巍的行走在手扶杆上。

那樣子像是穿著輪鞋在T大蛇行的穆棉一樣。

他們結了婚。良凱一直以為自己成功的忘記了穆棉，但是一年後，沒有爭吵的，離婚。

羅絲直到分手那天，還是歡快的替他準備早餐，一如以往的吻了吻他的額角。

「為什麼非離婚不可？」良凱著實不解，「為什麼妳又決定要出國念書？」

「原本我就想出國念書呀！」羅絲活潑的回答，「出國是好些年的事情，我不想絆住你。」

這理由似乎無懈可擊，但是他還是試著努力下去，「但……」

「更何況，你不愛我呀。」羅絲看起來很遺憾，「當別人的替身實在沒有意思。」

他瞠目結舌。一時內心波濤洶湧。良凱發現，戀愛到結婚將近三年的光陰，不曾像現在這一刻，這麼樣的愛羅絲，卻也混合著懊悔的苦楚。

「我一直以為，我對妳很好。」半晌，他才說了話。

「凱，」羅絲溫柔的抱住他，「你一直對我很好。好到原本不是那麼愛你的我，都忘掉以前的情傷愛上你。但是這種好，卻不是打算用在我身上，只是透過我傾洩這種愛意而已。這樣的愛，我不喜歡。」

他反身抱住羅絲，落淚。良凱知道對羅絲不公平，但是沒料到她會發現。

「沒關係，」羅絲反過頭來安慰傷心懊惱的良凱，「我跟你一起的時候，也只是想忘掉前一段的不堪。我忘了，你卻還忘不掉而已。我在的。你知道我。我還是在你身邊，不管我離得多遠。因為我不是那麼的愛你，所以受得了。你是知道我的。」

良凱知道的。他知道羅絲歡快的溫柔底下淡漠的通達。

但是過分的通達幾乎等於無情。

他傷心了幾個月，卻也慢慢的釐清了自己的心。申請了調職，不但台北歡迎他，連美國分公司都想讓他掌舵。

多好的機會。但是美國沒有穆棉。

原先以為三四年的隔離夠久的了……

沒想到一見到她，過往居然如洪水般來襲。

就算她的心像是不肯開的蓓蕾，緊緊的捲著花瓣。只要能待在她的身邊，就是對自己的一種解脫。不用否認自己的情感，這是多麼幸福的事情。

的確，他恨透了至勤。那個憑著可愛面容，有著不知名惡意的至勤，在他還沒有防備的時候，就悄悄的進到穆棉的家裡面，成為穆棉寵愛的人，然後現在又讓她這麼傷心。

他渾然忘了，曾經怎樣的希望至勤背棄穆棉，對於心底的一絲竊喜，也不敢理會。

不會的。穆棉傷心，他怎會因為她的傷心而快樂？我是多麼無私的愛著她。這麼多年了。這樣無私無所求的愛她。不是嗎？

良凱有些被自己感動。

就算坐在駕駛座旁邊的穆棉，安靜的像是只有軀殼而已，也不能泯滅他自己的感動。

這種感動，在走進診療室的時候，還是沒有消失。

看見她走進來，醫生倒是皺了皺眉頭。

治療她超過十年，好不容易這兩年沒見到她，現在的樣子……看起來比上次看到時更糟。

「覺得怎麼樣？」醫生溫和的問診。

「很糟。大夫，很糟很糟。」她空洞的回答著。問她什麼，她都會機械似的回答。

但是一觸及空難那天的事情，她就明顯的失憶了兩個小時。

記憶障礙。她完全想不起來從公司回到家裡的那兩個小時。但是她忽好忽壞的病情似乎和那段壓抑的記憶有關。

「還是不願意提嗎？」醫生問。

小小的診療室，安靜得接近死寂。只有恩雅飄渺的歌聲，極輕極輕的蕩漾，像是地底湧泉，潔淨而冰冷。

視野很好的窗景，噴射機的煙在藍空劃下一抹銀白，歡快的雲鑲金邊，爭先恐後的向西飛去。黃昏最後的光亮。

只是一片寂靜著。

「我不知道，什麼都想不起來。」

只能嘩嘩的寫著病歷。不知道要怎樣打開她的心結。看著她走出去，大夫嘆了口氣，咬了一口巧克力。

一開始服藥，穆棉的疲倦，就開始排山倒海的出現。

漸漸的失去了活力，很多事情都得依賴良凱幫她處理，他也順理成章的接手穆棉在工作時的生活。

每天接她上班，送她回家，請假帶她去看醫生。穆棉沒有抗拒。或者應該說，抗憂鬱劑讓她的脾氣變得柔軟而麻木，無力抗拒。

外表看起來，似乎穆棉接受了良凱的追求，出雙入對，良凱自己也被這麼催眠著。

但是，穆棉知道，不是這個樣子的。就像今天，天空這麼和煦，泛著少有的寶藍，坐在辦公室裡，望著這樣的寶藍色，她突然想起至勤的眼睛。

在瞳孔和眼白的交界處，也有這麼一絲絲隱約的寶藍色。

她坐不住，渴望著去見見至勤。

交代了一聲，悄悄的躲避良凱，快步的離開公司。

雖然從來沒來過M大，但是對於這裡，她沒有陌生的感覺。至勤總是會鉅細靡遺的將學校的種種告訴穆棉，就像希望在她看不到的地方，也和他一起似的。

她脣間浮起溫柔的微笑。但是卻準備回頭了。這樣無預警的出現，至勤一定會尷尬的。她漸漸不知道自己希望些什麼，卻只知道不想讓至勤困窘。

和一個年長女人住在一起，對至勤來說，是不是他未來怎麼也洗刷不掉的污點？

污點。她的心猛然一沉。意外看見了至勤，卻也讓她的心情解開了緊縛著的憂沉。

是他，是至勤。遠遠的看著他，淺淺的，淡得幾乎沒有的微笑，在他優雅的臉上，清新的像是天使。

但是穆棉的笑容也漸漸隱沒。至勤舉起相機，向個嫣然少女照著。年輕的肌膚在初秋清亮的太陽下，晶瑩剔透。

年輕真好。不是嗎？至勤也有著相同的年輕。兩個年輕美麗的孩子，這樣的相似，像是兩個娃娃般的可愛。

是應該照這樣可愛的少女的。下意識的，穆棉將太陽眼鏡戴起來。至勤從來沒幫她照過任何相片，這也是可以理解的事情。

悄悄的離開，漫無目的的走著，差不多到高跟鞋裡的腳開始抗議，她才停了下來。

這雙昂貴的高跟鞋不是讓她拿來在馬路上死命磨損的。優雅的，來自義大利的嬌貴鞋子，只是為了讓她在地毯上踩踩。

所以現在的腳會這麼痛，也是應該的。

她花了點時間才注意到，自己站在某個不知名的小學前面。隔著牆，老師的聲音忽隱忽現。

「……發下去……補充教材……這是老師小時候背過的課文唷……」

一室稚嫩歡快的聲音，像是陽光般刺著人，卻讓穆棉無法呼吸。

「天這麼黑……風這麼大……」

穆棉的腦中，發出輕輕的，神智拉斷的聲音。整個沉重的氣壓壓在她的身上，忘記帶著太陽眼鏡的她，抬頭看見天空迴旋的深紫雲層，像是斷魂黃昏提早好幾個小時降臨。

窒息。沒有辦法解脫的窒息。她不能呼吸。

隔著這麼長久的時間，她瘋狂的向前狂奔。每跑一步路，她都以為高跟鞋的細跟會承受不住的斷裂開來，同時間她的腳踝扭斷。

但是，沒有。一直沒有。

跑了多遠？還是跑了多久？穆棉心底沒有一點概念。她只知道，幕天席地而來的恐慌，如影隨形。

不，不要。廖哥哥。救我，救我。

許多年前的下午，她開始做起這場惡夢。以為只要跑快些，就可以掙脫惡夢。但是這麼多年了，她還是在惡夢中，從來沒有清醒。

又來了。那種隆隆的水聲。拚命的在她耳邊響著，剎那間將她拖入陰森的海底。我不能呼吸。不能呼吸。張開嘴，想像中淡紅色的血沫就飄了出來，將眼前染成一片嫣紅。

讓我醒過來，快！讓我醒過來！

她奔跑著，無視街上其他人的眼光。自從十三年前那場空難毀滅了她大半的生活以後，幾乎沒有任何奔跑的欲望。

現在卻為了躲避這種久未來襲的恐慌，拔足狂奔。冷著臉，她沒有眼淚，像是將周遭的一切都隔絕在外，用奔跑隔絕。

直到跑斷了高跟鞋的跟，她還是沒有跌倒，用著優雅的姿勢躍起，美好的煞住勢子。

怔怔的站在街頭。除了晃動的陽光還能讓她偶爾眨眨眼，一切的一切，似乎都非常非常的遙遠。她看不見任何人，雖然人潮川流不息的從身邊經過，她只看到無盡寂寂的斑斑光痕。

她望著自己的手。即使從來不做家事，她原本嫩白的手，也讓歲月侵奪了光潤。

十幾年的光陰從光潤的手掌溜走了。是的。已經十幾年了。惡夢早已經變成了現實，至勤的到來，阻擋了惡夢的侵襲，但是他就要離去，讓惡夢加倍陰暗凶猛的伺機而動。

她還是沒有流淚。檢查了自己的樣子。她的高跟鞋已經折斷，髮簪也不知道掉到哪，一頭濃厚的頭髮在肩上背上慌張的流瀉。

但是，她的樣子看起來應該還好。幾乎看不出來是病人。

舉起手來招了計程車，費了點力氣坐定。

「要去哪？」司機吐了口檳榔，問。

回家。我要回家。但是，我家在哪裡？她突然昏眩起來。

「是要去哪?!」司機開始不耐煩了，穆棉的驚慌也隨之升高。瞥見穿著制服的高中生，她突然想起至勤念過的高中。

「東中。麻煩你。」她全身僵硬，用力克服開始發抖的身體。

費了很大的力氣，她才能把錢穩穩的給了司機，一下車門，過分劇烈的奔跑讓她幾乎跪在地上顫抖。

短短的五分鐘路程，她休息了五次。

一跛一拐的走進家門，她的脖子僵硬的無法轉動。心跳的聲音洶湧，她害怕自己因為心跳過度，心臟從口腔跳出來。

抖抖抖抖的從抽屜裡拿出藥包，費力的拆著錫箔，還是不免弄了一地。將藥放進嘴裡時，她的手抖得這麼厲害，所以拿著玻璃杯喝水的時候，不停的發出敲擊牙齒，喀喀喀喀的聲音。

僵直的跪坐著，她望向地上一小塊陽光。想要坐過去取暖，這麼簡單的動作也是種奢求。

將近一個鐘頭，她緊繃著的肌肉，才無力的鬆解開來，頹然的靠著牆坐。陽光漸漸西移，隱沒，東升的月光，在這西邊的房間，還看不到。只有輪胎行巨大的霓虹燈，閃爍著冷冷的，嘲笑孤獨的光芒。

她一直沒有開燈。浮在麻木柔軟的藥效當中。等電話鈴響了十來聲，穆棉才意識到。

要接電話。

「喂？」她的聲音聽起來如此正常，穆棉幾乎額手稱慶。

「穆棉！妳在哪？我打了一個下午的電話！」良凱氣急敗壞的聲音從話筒傳過來。

「累。我可能病了……回來睡。」她聽見自己的聲音正常，神智卻漸漸漂浮。

良凱可能還說了些什麼，但是穆棉沒有聽進去。她溫馴的答好，掛了電話。

伏在墊子上昏昏悠悠的睡去。睡夢中，她接到至勤的電話。

「穆棉？今天攝影棚可能要趕夜班……所以我不回家睡覺了……聽到嗎？」

她眼前浮現著至勤和他的小女孩相視而笑的畫面，那麼美。美得讓她恍惚的微笑。

清醒過來，手裡還握著電話。

她疲倦的將臉埋在雙臂間。黏膩的汗味引起反胃，想去洗澡，卻無法動彈。勉強站了起來，她對於腳趾甲不住的滲血了無所覺，渾然不知每走一步，就在橡木地板上留下一點血痕。

只是輕輕的一點點。

洗了很久很久，全身的皮膚通紅，她才出來擦乾頭髮。

沒有開燈的房間，泛著安靜的水光。隔壁國小那小小的游泳池，總是在夜裡提供這種深海般的情境。

中天懸明月，令嚴夜寂寥。

她趴在床上，抬頭看著遠遠中天的月亮，在雲層中露出一小角，濛濛的泛著月暈，像是淚光一般。

在模擬的深海裡，她睡著了。眼淚在夢裡面才漸漸暈開。

然後在深深的夜裡，她像是著了一鞭般的跳了起來，抱著頭。

痛！

頭痛！頭好痛！

她慌張的從床上下來，卻站立不穩的跌在地上，不要！好痛！頭好痛！

在這個時候，她卻聽到幾聲纏綿的貓咪聲音。

「賽茵？賽茵！賽茵賽茵賽茵……」她哭叫著。

大難剛來的時候，只有賽茵待在她的身邊。這種沒有來源、沒有因由的頭痛凶猛撲上來的時候，也只有賽茵會偎在她的身邊，喵喵的安慰她。

賽茵……為什麼你要死？廖哥哥……為什麼你要死？爸爸……媽媽……不要死……

不要走不要走……

不要拋下我一個人……

哭泣著手腳膝行，抓了一把止痛藥吞下。最後在劇烈的頭痛之下，昏睡過去。朦朧中，似乎有著溫軟的，貓才有的粗糙舌頭舔著她的眼淚。

不要離開我。

等天亮，她緩緩的睜開眼睛，發現頭痛已經不見了，自己還活著。

為什麼？為什麼我還活著？

將自己的臉深深的埋進手掌，動也不動。

請完病假的穆棉，漸漸恢復正常。長年懶於吃喝的她，開始會自動進食。

驚喜的發現，原本抗拒看醫生的穆棉，意外的和順與合作，她的病情也因此被控制住。

她的笑容還是稀少，但是工作漸漸能夠恢復以往的水準，對於良凱也總是好聲好氣的。

原本就很少提到至勤的她，到後來簡直絕口不提，原本會看著至勤的廣告照溫柔微笑的穆棉，到了冬天的時節，連抬頭都不抬。

終於能跟穆棉單獨進餐的良凱，覺得多年的等待和忍耐，終於就要有結果了。雖然穆棉徒具空殼，對他來說，即使是穆棉的柔軟殼子，也好。

畢竟他已經等待又等待，忍耐又忍耐這麼多年了。

等穆棉成了他的以後，一定要讓她好好的接受治療，溫柔的對待她，讓她回到大學的無憂無慮。那個喜歡穿輪鞋打球的陽光穆棉，在多年的悲哀之後，總該在他溫柔無私的愛裡頭復生了吧？

他是這樣無私溫柔無所求的愛她。也只愛她。

這樣溫柔感傷的氛圍，看見曬成小麥色的羅絲笑咪咪的站在他面前，一下子轉為興高采烈的狂喜。

「羅絲～羅絲～妳什麼時候回來的～」熱烈的擁抱了一下。若是世界上有誰能讓良凱放下戒心，大約只有神采奕奕的羅絲。

「剛下飛機，就來找你啦！今天住你家唷！」她大力的拍打良凱的肩膀，「前夫，還抱著屍體，拚命實踐你的悲愛美學嗎？」

「別胡說，」良凱不太開心的格開羅絲的手，「穆棉活得好好的，什麼屍體，胡說八道。」

正好切中他的隱憂。

「唷，不是屍體？你愛的又不是現在的穆棉，」羅絲滿不在乎的坐在他的辦公桌上，「你愛的是以前大學時代的穆棉。那個活潑佻達，帶辯論隊，穿著輪鞋滿校園跑，排球籃球一把抓，還有本事得書卷獎的少女穆棉。」

良凱沒有答腔，沮喪的情緒迅速的席捲了他。若是可以，他願意拿十年的壽命換穆棉無憂無慮的下半生。

只要她回到大學時代就好。

回到家，羅絲對著良凱一塵不染的家翻白眼，「靠，地板可以用舌頭舔。」

「羅絲，妳這張爛嘴巴，念再多的學位都是沒救的。」良凱沒好氣的說，一低頭，看見羅絲光裸的小腿上累累都是烏青，不禁皺眉，不由分說，抓了藥酒就賣力的幫她推，羅絲又癢又痛，喊叫起來，「住手！該死！良凱！你想強暴我，用不著這種替代方案！」

良凱賞了她老大爆栗，「又騎機車摔了？加州ㄟ！加州妳也能將機車騎成這樣！」

「輕點啦！」

「妳先別叫得像發生命案啦！」

明明淨淨的地板，倒映著良凱半跪著，細心推著羅絲柔潤小腿的光景。

「前夫，你的確是個好男人。可惜你的深情全給了傷心太平洋。」羅絲輕輕撫了撫他的頭，良凱也只能垂首不語。

若是他愛的是羅絲該多好。他們會一起做許多有趣的事情，跟羅絲一起，永遠沒有厭煩的時候。

所以，他總是會懷念短短一年的婚姻生活。只是，穆棉像是他的魔咒，緊緊的禁錮了他，怎麼也無法逃脫，不想逃脫。

「其實剛認識穆棉的時候，我不太喜歡她。」

那時候的穆棉，是個整天忙個不停的大忙人。有人戲稱她是「紅孩兒」，足蹬風火輪，在校園穿梭。在每個人都騎腳踏車的校園，只有她仗著輪鞋橫行霸道。

對於她的標新立異，良凱很不以為然，但是因為同系，又有著相似的面容和差不多的行事風格，他們老被看成學生會的金童玉女。

這樣的相提並論，老是讓良凱很不舒服。迎新會偏又安排兩個人一起當司儀的時候，兩人的氣氛便開始火爆的飆了起來。

從節目單的安排，到對口，甚至連劇本的先後秩序，都吵得幾乎打起來。

彩排的時候，她穿著輪鞋在舞台上來來去去的飛奔，幫忙布置的時候，良凱受不了了，終於對她吼了起來，穿著小白禮服的穆棉，手扠著腰，和他對吼，氣不過的良凱推了她一把，穿著輪鞋的她就往後倒。

驚慌的良凱抓不住她，眼見就要傷重……

她卻將手在舞台邊緣一撐，凌空飛騰了起來，小白禮服衣袂飄然，應當能平安落地，但是她穿著輪鞋……

只見她一迴旋，轉了半圈，優雅一如芭蕾伶娜。那一刻，良凱覺得見到了精靈。有著透明翅膀飛舞的精靈。

「那個時候，開始愛上穆棉。這麼長久的時間了。」他臉上露出恍惚的微笑。

羅絲定定的看了他很久，表情卻不是感動。

「靠～～你就為了這種笑死人的理由，愛她愛了幾十年唷?!你該不會告訴我，你會娶我是因為我的某個部分像她吧？」

沒想到良凱居然低頭不語，這讓羅絲驚慌又好笑。

「你爹的，今天你給我說清楚。哪個部分？哪個部分我像穆棉？」這該死的傢伙。

「妳的眼神。」良凱的眼睛望著遙遠虛無的哪一點，「我剛認識妳的時候，妳正在打籃球，眼神卻絕望而安靜。像是激烈的球賽只是必須履行的義務而已。」

羅絲張大了嘴。那個時候的羅絲剛好和長跑多年的男友分手。妳知道，不是每個人能從國中到大學四年都在一起，卻在當兵時「兵變」。更何況，兵變的是男方。

「靠么！我們在演神鵰俠侶唷？你是楊過？啊穆棉是小龍女？我只是因為像小龍女的眼神，就蒙大俠你垂青？」羅絲揪著良凱的衣領，「大俠……你最好說清楚，省得待會兒變大蝦！」

「妳很沒風度ㄟ」，良凱還沉浸在自己的悲戀美感中，很不高興羅絲打斷他的情緒，「後來不是了嘛，當然是因為跟妳一起很有趣，所以才在一起的嘛！」

「我殺了你！你當我小丑啊？有趣？居然不是因為愛我！騙子！騙子！」羅絲扼著他的脖子，那種誇張的表情，害他悲愴的情緒都消失無蹤，笑得幾乎無法動彈。

他輕輕撫摸羅絲曬成小麥色的胳臂，「在加州這些年，吃了不少苦吧？妳的父母又都過世了，一個人在遠地，我總是很懸念。」

壓著他的羅絲，露出雪白的牙齒笑著，她小小的牙齒相當可愛，像是一小排整齊的貝殼。偏偏兩顆尖銳的虎牙破壞了那種雅緻的美感，卻平添一種頑皮的氣息。

「我很好。正準備攻讀第二個博士學位。」

「還念啊？妳都三十了。」

「我喜歡嘛。我又不像你們這些人，拚死拚活的不知道自己的方向在哪，出入非車，穿戴非名牌，不居高位，不住高樓，安措手足似的？無聊到要用悲戀調劑生活。」

「我才不是調劑生活！」良凱抗議著。

羅絲不理他，「我的生活簡單，黑麵包白水就是一餐，衣服穿不破不買，你看我的牛仔褲，這麼多年了，還是那四條。學生宿舍窄？校園那麼大，還嫌逛不夠？整個學校都是你的家了，哪裡找更大的家去？」

「我啊，要念一輩子的書。念到老，念到死。」她露出可愛的虎牙。

良凱也對著她微笑，「那是因為妳的小P在那兒。告訴我，跟那個蠟筆小新住在一起，是什麼滋味？」

「吼～你不能因為人家什麼都知道，就忌妒人家。」羅絲抗議著，「長相算不了什麼，他又博學又睿智，才不是你這種油頭粉面的傢伙比得上的！」羅絲又撲上來抓打，良凱急著一擋，笑得幾乎脫力。

說了一整夜的話，天亮，羅絲依舊精神奕奕的離去。她準備騎腳踏車繞行台灣一週，而她的男友小P卻已經先到花蓮找石頭去了。

這個時候，他突然羨慕羅絲起來。離婚沒在她心裡留下任何陰影。她還是精力充沛的活過每一天，任性的生活，任性的念書，任性的愛。

良凱學不會任性。穆棉也學不會。所以，他讓對穆棉的愛情捆死，穆棉讓過去的陰影捆死，兩個人都束手無策。

接穆棉上班的時候，她沒有生氣的容顏，突然讓良凱覺得疲倦。

穆棉卻了無所覺的，吃著一片夾著起司的吐司，和一瓶鮮奶。但是她吃東西的樣子卻只是機械化的一口接一口，沒有享受美食的喜悅。

的確，食物在穆棉的口裡，已經不再是喜悅的泉源了。她比較像是為了盡義務，所以吞下每一口能夠維生的食物。不讓自己憔悴或消瘦。

若是自己憔悴或消瘦，至勤會注意到的。

但是……若是她憔悴一如木乃伊，至勤卻完全沒發現呢？穆棉沒法子承受這種結果。所以，她吞著食物。機械似的。

天氣漸漸的寒冷，穆棉也越來越沉默。陰霾的天空，就像她的心情，但是她沒有表現出來。

這種透著冷漠的悲傷，卻在至勤放了寒假，睡了幾場好覺後，隱隱覺得不對。

表面上看起來，穆棉一如往昔，匆匆的上班下班，回到家只是靜靜的窩著發呆。但是這種發呆卻和以前那種慵懶的享受不同。

像是內在淘空了，只剩下空殼的穆棉，洋娃娃似的坐著。而且，她幾乎很少把頭轉向也在家裡的至勤。

放了寒假，經過了半個學期的瘋狂活動，疲倦極了的至勤雖然覺得打工、念書、社團都極其有趣，但是這樣交相煎實在太離譜了。所以一放假，至勤謝絕了所有的邀約和活動，甚至打工都停了下來。

若不是訂不到機票，他可能會帶穆棉出國去。哪裡都好，現在他的存款可以應付出國的費用了。好幾個月了呢，他幾乎見不到穆棉。

「穆棉～」他笑得眼睛彎彎，握住穆棉柔軟的手，「雖然訂不到機票，我們還是去玩好不好？妳看宜蘭好？還是鵝鑾鼻好？」

穆棉大約過了兩秒鐘才動了一下，原本潰散的焦距慢慢的收回來，這才凝視著至勤。「什麼？」

至勤覺得困惑，又重複了一遍。

她將眼光挪開，輕輕的說，「工作很忙，不能請假。」

看著神情漠然的穆棉，至勤覺得有點慌張。有些事情不對了。但是他又不知道哪裡不對。

「穆棉……」穆棉卻站了起來。

「我睏了。」她筆直的走進房間。至勤被她的異常弄慌了手腳，急急追了進去，發現穆棉已經躺平，睡著了。

呆呆的望著她的睡臉。穆棉……穆棉沒有摸我的頭……穆棉沒有搔我的下巴……她就這樣去睡了！至勤突然覺得咽喉乾渴起來的害怕。

就是幾個月的光景而已……在這種瘋狂的忙碌當中，覺得每一天都過得非常迅速。這麼一剎那的時間裡，到底發生了什麼事情？

換成至勤不能入睡。

朦朦朧朧的睡去，穆棉去上班時的關門聲，驚醒了他。急急的追出去，只來得及在陽台上看見穆棉。她進到一輛銀灰色的車子裡，那輛車至勤是知道的。

那是良凱的車子。他的心臟，猛然沉入深深的冰窖中。積在內心的憂慮和煎熬，混著一天一天的不安，越來越劇烈。

但是穆棉像是完全沒反應一樣，對於他的焦心，完全的視若無睹。至勤做飯給她吃，她會安靜的，機械式的吃下去，卻不像以前那樣露出滿足快樂的笑容。

事實上，她已經很久沒對著至勤笑了。甚至連有至勤這個人都忽略過去。

但是良凱每天都來。接她上班，送她回家，有回買東西回來，看見穆棉少有的，對著良凱一笑。這希罕的笑容居然是對著良凱……

手一鬆，手上的袋子掉在地上，滿地滾著罐頭。

至勤的笑容也跟著稀少起來。兩個人住在一起，相對無言。氣氛窒息而凝重。

直到穆棉超過半夜四點鐘才回家，卻連通報平安的電話都沒有，至勤終於爆發了。

「連通電話都沒有，妳是手斷了還是腳斷了？沒想過我會擔心嗎？」至勤瘋狂的叫了起來。

穆棉只是冰冷的抬起眼睛，那雙清清亮亮的眼睛卻沒有一點生氣，「我有行動電話。」

「晚歸是妳要打給我的！妳不明白啊？」

穆棉沒有答腔，垂下眼瞼將套裝脫掉，「我要洗澡。」

「不准走！」這些天的焦慮累積，已經超過臨界點了，「我受夠了！如果妳要我走，直說就好了！不用這樣冷冰冰的對著我！」

穆棉背對著他，全身僵硬了一下。終於，這一天終於來了。

「你等這天很久了吧？」她的聲音輕柔如耳語，「這樣你就可以飛到她們的身邊去。」

「她們？什麼她們？」至勤又生氣又悲哀，「不要顧左右而言其他！妳準備接受良凱了，對不對？」

「那你又準備接受誰了？」穆棉轉過臉來，她的臉像是打了一層石膏，表情冷靜而呆滯，「學妹？鄭華年？范心怡？江薇？還是陳雪諸？」

至勤大吃一驚，「妳……穆棉……妳居然窺探我的隱私！」她怎麼知道那些女孩子的？「她們都很單純，不要隨便對她們動手！」他突然覺得害怕。

一下子，穆棉的眼神失去了焦距。至勤在她眼前模糊成一團，幾乎什麼都看不到。

她盤起一條腿坐著。

「我什麼都不會做。」出神了一會兒，「算是我錯好了。都是我的錯。」

「她們只是朋友……」至勤心底卻覺得刺痛。穆棉……穆棉為了想他離開，所以故意這樣做嗎？

良久，兩個人都沒有說話。

「門是開著的。」穆棉輕輕的說。

他開門，寒氣嚴森森的撲上來，將他幾乎奪眶的眼淚凝固住。

等那聲鐵門關上，穆棉緩緩的溜倒，躺在地毯上，濃厚的長髮無助的蜿蜒著。她的神情依舊呆滯，沒有悲喜，也沒有眼淚。

這樣好。失去了就不用再擔心。心臟也不用繼續開著大洞。因為已經沒有心臟了。曲著身子側躺，這樣可以減輕心口掏空，痛苦的感覺。躺了很久很久，躺到日光金黃的鑲著窗邊。她乏力的四肢爬行著找了藥吞下去。用最正常的聲音留了言給良凱，沉沒到安靜死亡般的睡眠中。

過了兩個小時，至勤推開房門進來，望著穆棉灰敗的神情。他伏在穆棉的被上，乏力的連痛哭都沒有眼淚。

穆棉的話在他心底迴響著。每一個女孩子的名字，緩緩的擴大，交集。我沒愛上她們，他為著自己辯解著，只是比較要好一點，只是跟她們聊天比較愉快。

但是，他多久沒跟穆棉聊天？從來不向穆棉提她們，是體貼？還是私心？說這些都來不及了。

垂首坐了一會兒，他開始慢慢的整理東西，一夜沒睡的疲勞，讓他手腳有些不靈光，連存摺都掉到字紙簍裡。

去撿的時候，卻發現了藥袋。

穆棉？穆棉為什麼要到T大看病？這兩天沒聽見她咳，也沒有生病的樣子。她最討厭醫生了。怎麼會自己去看病？什麼病？

他覺得荒謬。日日和穆棉住在一起，居然不知道穆棉生什麼病。

推開歉疚的感覺，開始細細的翻著抽屜，找到了相似的藥袋，裡面的藥已經吃了一半多了。

各拿了些和外包裝，到醫院問人。

「這是百憂解。」

「什麼？」

「百憂解嘛！就是專門用來治療憂鬱症的藥，療效不錯。」

憂鬱症？穆棉有憂鬱症？我和她住在一起這麼久……居然不知道她有憂鬱症？

我在幹嘛？

回到空空盪盪的家裡，長期習慣的嘈鬧，在乍然的寂靜中，突然讓他好生不慣。

這種寂靜，就是每天穆棉單獨面對的。因為這種孤獨，所以穆棉犯了憂鬱症嗎？

為什麼不告訴我呢？

穆棉打開門，在玄關坐了一下，雙眼死寂的望著虛空，過了一會兒才發現至勤的存在。

但是掃過至勤的眼神卻不再有任何波濤。那是放棄的眼神。

至勤沒有說什麼，「吃飯了。」

沒有違抗，靜靜的坐在餐桌進餐。

「我沒走。也不打算走。」至勤說，「妳說過，我是妳的貓。我可以留在這裡。」

她的湯匙停在半空中，像是一下子不能明白這句話的意思。

「歐，是啊。你是我的貓。你可以一直留在這裡。」然後她繼續低頭吃飯，沒有說話。

吃過飯，她坐在牆角，抱緊貓玩偶。至勤望著她，想要握她的手，卻被閃掉了。

「不要對我好，至勤。」穆棉低低的說。

「為什麼？」

她沒有說話，將臉埋進玩偶毛茸茸的頸子，抱著貓玩偶的手，用力到骨節發白。

「是我忽略妳。我不是隻好貓。」

良久，輕輕的，穆棉說，「你是人，不是貓。」

將臉偎著玩偶，穆棉看起來像是個小孩，卻不管至勤說什麼，她都不再說話。

即使天天送穆棉上班，接她下班，但是穆棉眼底的神情，還是一天薄弱過一天。至勤覺得焦急，卻只有深深的無力。

直到穆棉不再看他，他才發現，穆棉對他這麼重要。因為知道她會忍耐的等下去，所以至勤很放心的，貪婪的過著自己的人生。

我是妳的无。穆棉若漸漸的消失了生氣，那我也……那我也……我也失去快樂的感覺了……

不知道該怎麼辦，除了盡量的陪伴她，至勤不知道該怎麼辦。

即使是穆棉的上班時間，也渴望見到她。起碼上班時的穆棉，和以前相差比較少。悄悄的繞去想看她，卻看見她和良凱雙雙走出來。上班時間，要去哪裡？

狐疑的招了計程車。一路跟到T大醫學院。然後走過長長的迴廊，進了精神科。那刺眼的招牌，筆直的刺進他的心裡。

不顧醫護人員的阻攔，他闖進去。

「還是想不起來，穆棉？試試看，那兩個小時呢？」醫生職業性的溫和，對穆棉卻沒有什麼用處。

她的表情空白了兩秒鐘，開始覺得疲倦，「只要拿藥就好，謝謝。」

至勤的闖入，讓穆棉和醫生都一愣。

「我們回家，穆棉，回家。」他拉著穆棉，「不要在這裡。妳不是病人，不是的。」

「你是……至勤？」醫生心平氣和的微笑著，「難怪我覺得名字耳熟，可不是柯警官的繼子？柯警官……」他的眼睛還是那麼溫和，「柯警官也是我的病人。」

至勤回頭看他，心裡有種說不出來的噁心和憤怒。

他知道。他知道繼父對自己的骯髒欲望。斜著眼睛看他，不發一語，只是扶著穆棉。

「我還得看病。」穆棉有些侷促的說，「回家去，至勤。別這樣。」

「不要。穆棉，我不要妳生病。」

醫生在鏡片後面的眼睛，仍然那麼的溫和，「至勤，誰都不喜歡生病。所以醫生是種討人嫌的工作。更何況是精神科大夫。但是穆棉需要治療。」

原本對著穆棉撒賴的至勤，眼神森冷了起來，「哦？大夫，那麼，你的精神狀態百分之百的健全嗎？」

大夫無懈可擊的溫和，卻在千分之一秒鐘有著短暫的崩潰，雖然又迅速的重建起來。

「世間沒有所謂的正常，只有一千種瘋狂的面貌。」

至勤笑了，「大夫，你自己也承認了，你也是諸多瘋狂相中的一種，又何必治療，或是自以為治療得好穆棉？」

換大夫笑了。「但是我能讓穆棉的瘋狂相不感到那麼的痛苦，讓她接受自己的那個面相。」

「是嗎？」至勤露出美麗的笑容，那是含著邪氣和天真的笑容，強烈的讓人無法眨眼睛，「穆棉讓你治療多久了？十年？十五年？你治好她了？」

「若不是她的生活有了新變化，穆小姐已經好些年沒發病了。」

「你在指責我！」至勤勃然大怒。

「不。我沒那種意思。不過，至勤……葉先生。說不定你會需要我的幫助。」

在至勤衝過去揪住大夫領子之前，穆棉喝住他，「做什麼？至勤？」

不甘願的聽話，他將臉偏一邊。

「不好意思，大夫，小孩子不懂事，冒犯了。」原本眼中一直沒有生氣的穆棉，卻這樣冷靜自持的微笑著，「至勤，出去。」

「可是……」

「乖。」她抬頭看著至勤，溫愛的，「聽話，我跟大夫說點話。」

靜默了一會兒，至勤點點頭，先出了診療室。

「成也蕭何，敗也蕭何。」大夫對她笑著搖頭。

穆棉的臉閃過一絲嫣紅，雖然只是一下下，「讓大夫看笑話……不過，我的毛病和至勤無關。」

無關？大夫推推眼鏡，「下個禮拜還是來跟我聊聊天？可好？穆棉？」

她終於肯直視大夫，眼中有種悲壯的悽愴和歡喜。

走了出來，至勤又和良凱對上了，兩個人怒目而視。

「別像個鬥雞似的。」她拉了拉至勤的臂膀。

良凱堅持要送穆棉回家去，卻不能避免的也載了至勤。

可惡，邊開車，良凱邊在心底痛罵，早知道就別去買那啥勞子的菸。居然讓至勤闖了去，穆棉幾乎變成我的了……事實上已經是我的了！這混蛋小子卻又勾引得穆棉向著他！

至勤當然知道良凱的想法。罪惡感？那是什麼？他只想抱住穆棉大笑三聲。穆棉是我的。

「穆棉是我的。」正在開門的她，讓至勤粗魯的從後面一衝一抱，差點撞上門，對這種衝動的熱烈，穆棉卻沒推開他。

嘆口氣，輕輕的拍他的手背，「是啊，整個都是，我們回家吧。」

回家。先前穆棉不知道下了多大的決心，決定讓失去至勤的恐懼成真，省得天天零零星星的凌遲。總是要走的。早晚總是要走的。

但是……他卻追來了。怎麼拒絕他？怎麼拒絕他渴求的眼睛？

像是那些心傷悲痛都只是夢一場。只要他開口。只要至勤開口，就算是心臟都可以挖給他，更何況是小小的悲愴？

「為什麼？為什麼穆棉又肯理我了？」這種小孩子似的嬌態，也只會在穆棉面前展現，「為什麼嘛？為什麼嘛？」

穆棉咬住下唇，不讓自己笑出聲音。

總不好告訴他，因為你追來了。

因為你追來了，讓我知道，在你心中，我是多麼的重要。雖然你走的時候，我會被摧毀的非常徹底。

是的，徹底。

她握緊胸口掛著的護身符。恐怕……就算是廖哥哥的遺言，也不能停止我自毀的時刻。

輕輕拍著依偎著的至勤，悄悄的拭去眼角滲出來的淚水。

至勤卻從牆上的鏡子，看見穆棉悄悄拭淚的表情。他失神了一下子。酸楚而甜蜜的感傷。

我終於，抓住了穆棉的瞬間。

第二天他回到學校。放寒假的畫室，冷清清的像是有鬼魅般。已完成未完成的人物靜物，目不轉睛的看著至勤專心一致的畫畫。

一直遲遲無法下筆的地方，就在那一刻，有了。

完成後，昏暗的冬日，緩緩的飄起刺骨的雨，切割著模模糊糊的窗戶。將下巴擱在手背上，看了許久許久自己的作品。細心的，用油紙一層一層的包起來，不讓雨水打溼了。

蒙著布，慎重的放好，至勤開始打掃，煮了穆棉愛吃的菜。

然後，等。

他一定是睡去了。紛亂的夢境，自己似申辯，也像是在發怒。不要搶走。別搶走我的……我的……往下望著搶回來的人兒，卻漸漸的縮小，縮小。

縮小到能溫馴的抱在懷裡，有著光潔柔白毛皮的貓。

我的賽茵。

醒來，正好穆棉蹲著看他，疲勞的眼神，溫愛的看著。

那也是賽茵的眼睛。至勤笑了。

「這麼高興？」穆棉笑彎了眼睛，「有什麼好事？」

「有啊。」至勤正在熱湯，拿著湯勺的他說：「我愛妳。」

穆棉輕輕搖搖頭，好脾氣的拿他沒啥辦法。

吃過飯，至勤將畫拿過來，上面的黑布還是沒有拿掉。

「做什麼？神祕兮兮的。」

「本來想生日的時候給的。不過，我覺得，現在是最好的時候。這段日子，我不是只學會了跟女生搭訕而已。還不好，不過，我盡力了。」

他將黑布拉下來。

穆棉的笑容一下子全部消失。

面目酷似她的女子，反剪著雙手，赤裸的腳踝鏈著極粗的鐵鍊，深深的繫在海底，滿頭長髮在水底漂蕩，身上縱橫著無盡的，怵目驚心的鞭痕。

深黝極藍的海水，深幽沒有聲音的寂靜。

不能呼吸，也無法死去。

但是，另一個天使模樣的海魔，卻用著少年的面容，半閉著眼睛，似安詳似痛苦似愉悅的抱著她，身上有著相同的鞭痕，兩個人一起遙望極遠的海面，曼陀羅花般的太陽，那麼的嬌弱而遙遠。

酷似自己的女子，專注的穿透了冰冷的海水，眼神卻像是被炙熱的豔陽燃燒似的。勉強用冰冷的海水壓抑火般的情感，每一道鞭痕，像是壓抑不住這火熱的痛苦，就要焚燒起來。

和眼神相反的面容，卻是和平溫柔的。眼角含著淚。

穆棉的心思一下子飄得很遠很遠。

從她懂事之後，就發現，自己是個幸運兒。相愛的父母，用相同的愛情愛著共同的女兒。她的世界向來和諧。父母對她至大期望不過就是堂堂正正的做人，從來沒給過她什麼壓力。不合時宜的父母親，連跟別的孩子比較都覺得羞愧。

「穆棉就是穆棉，幹嘛得跟別人家比啊？好或壞，都是我們的穆棉啊。」

為了這份放心，她從來沒有讓父母親失望過。

十九歲，考上大學的時候，父母跟她一起吹蠟燭。

二十歲，廖哥哥不好意思的來送生日蛋糕，爸媽熱烈的歡迎他。篤定的，還年少的穆棉覺得……

這是應該的，因為廖哥哥是，「家人」。

二十二歲，廖哥哥的爸爸媽媽送來和服做禮物，吃著媽媽做的戚風蛋糕，歡歡喜喜的和初見面的穆棉及爸媽相談甚歡。

這是應該的，因為廖哥哥的爸媽，當然也是我的，「家人」。

年輕的穆棉這麼的相信世界。相信她的家人會漸漸增加，每增加一個「家人」，就是增加一個愛她的人。

直到那天來臨。世界倒錯翻轉。那個窒息的血色黃昏。

趕去日本，她深愛的家人只剩幾小袋碎肉，但是廖哥哥的遺書，居然躲在不鏽鋼保溫瓶裡留著。

潦草得幾乎看不懂的字，她看了一遍又一遍，希望自己真的沒見過這張紙條。

活下去。小棉，為了我們全部，一定一定一定一定要活下去。

微溼的紙條，她的淚水和廖哥哥的淚水混合，真的非常非常的苦澀。

為了這張紙條，她咬牙捱過這麼多年。生活的鞭痕。寂寞的鞭痕。想念得要發狂的鞭痕。穆棉的眼前模糊起來，緊緊的抓著護身符，裡面藏著廖哥哥給的紙條。

為了不再失去，除了賽茵，她封閉了自己的感情。勉強自己走下去。但是賽茵的死，卻崩潰了她。然後她遇到了一定會失去的至勤。

不要離開我。悄悄的，絕望的，在心底吶喊著，卻永遠也說不出口。

「我不會離開。」至勤從背後抱住她，聲音接近嗚咽，「所以，請妳不要離開我。」

眼淚終於慢慢的滑下來，朦朦朧朧的眼睛中，緩緩西落的星月，泛著五芒六芒的霜花，漸漸模糊，擴大，像是曼陀羅一樣。粼粼的水光滿室。

終於，他們一起看到，畫裡的深海，還有海面上曼陀羅顫抖搖曳的光。

相吻著，像是就要沒有明天。

嚴寒日趨濃重。在短暫的寒假裡，回到過往的安靜氣息中。待在家裡的至勤，在朝東的小房間裡畫畫，有時背著攝影機出外取景，要不就看書，玩電腦，徹底的享受安靜，享受和穆棉相依的光景。

但是穆棉連在輕笑的時候，眉間都有憂愁的陰影。

「試著相信我，好不好？」輕輕揉著她的眉間，「相信也是過一天，不信任也是過一天。但是……妳相信我的時刻，卻可以快樂著。將來的憂愁，將來再來承擔，好不好？」

望著他清澈通透的眼睛，瞳孔裡倒映著自己的臉，不禁撫著他的頭。

「的確，我沒辦法時時刻刻愛著穆棉。在工作的時候，在上課的時候，在社團的時候，是的，很少很少想到穆棉。因為穆棉在這裡，」他指指自己的心臟，「所以我用不著時時想著。因為就在這裡。」

「但是，只要一空下來，我的心裡，就只有穆棉而已。」

酸楚湧上眼眶，停了一下，讓眼眶裡的淚退回去。

「我們差了十七歲。你還有很多好日子要過。」穆棉溫柔的說，就因為如此，所以……她不敢阻撓至勤的未來。

「如果沒有穆棉，再好的日子也不好過。」將穆棉的頭摟進懷裡，「十七歲而已。」

「我可以當至勤的媽媽了。」抱緊他，享受被關照憐愛的感覺。

「但是，穆棉不是我媽媽。」

「將來我會先老。」

「我也只是老得慢一點。」

哭泣是一天，歡笑也是一天。她的眼淚慢慢的乾了，開始有了真正的笑容。

年夜飯。至勤拒絕了母親要他回去，穆棉也拒絕了良凱要接她回鄉過年的計畫。

他生氣的摔了電話，穆棉有些黯然，緩緩的放下話筒。

至勤從背後抱住她，「沒關係。我在這裡。」他聽見摔電話的聲音了。

穆棉勉強的笑一笑，握住至勤的手。

堅持年夜飯要由他來請客，穿著昂貴雪紡大衣的穆棉沉思了一下，笑咪咪的指定地點。

至勤挑高了眉毛，想想，又笑了。

所以他穿了頹唐的長風衣，挽著貴婦般的穆棉，漫步在龍山寺附近的夜市。

夜來燈火繚繞。冷得幾乎僵硬的大年夜，整條夜市沸騰著，瀰漫烤香腸的氣味，為了畏寒，相偎著行走。

這樣的他們，在庶民風格強烈的華西街夜市很受矚目。清麗脫俗的少年，和雍容優雅的中年美女，用著自然的曖昧態度，讓人揣測兩個人的關係。

吃了燒酒雞，吃了蚵仔煎，等再也吃不下的時候，便到處遊蕩著夜市。至勤順手買些小東西給穆棉，這讓她覺得像是回到被寵愛的日子。但是看著極力裝出大人樣的至勤，她還是覺得好笑。

「至勤，你就是你，不用裝大人了。」她輕笑著。

被看穿的至勤，伸了伸舌頭，「我想當穆棉的家人呀……疼愛穆棉的家人。」

定定的看著他，柔聲說著，「至勤早就是家人了。」

但是我想疼愛妳。就像被妳疼愛一樣。不僅僅當妳的貓。我也把妳當成我的貓。

用力的握緊她的手，在五顏六色的飾品中，看到兩圈簡單的銀戒。雖然心不是戒指可以拴住的……但是他想把自己銬起來，讓穆棉安心。

想把戒指套在穆棉的手上，結果穆棉把左手伸出來。

「也對。銀戒指不適合求婚用。」至勤嚴肅的說。

輕輕敲了他的頭，穆棉笑著，讓至勤把戒指戴上去。

「等我。等我能獨立的時候，我要娶穆棉。」至勤專注的看著她，沒有笑容的靜穆著，貪看著他無瑕的容顏，覺得他背上虛擬的翅膀搧動，氣流居然強烈如電流。

急速上湧的幸福感，讓她呼吸困難。

整個大年夜，都在夜市遊蕩著，一直遊蕩到龍山寺的前面，寧靜的山門從來不會在深夜裡開啟。也就把夜市的囂鬧關在門外。

就像在這片深夜寒氣侵衣的時刻，他們的耳朵自動關機，將所有的煩擾趕了出去。齊齊在門外跪下，雙手合十。沒有牽手、親吻、擁抱，卻比任何時候都貼近對方。神祇……若真的有神祇的話。請傾聽我們卑微的願望。冰冷的銀戒讓體溫烘暖了，雙雙閃著幽微安靜的光。

只要能在一起就好。即使要減壽十年、二十年。請傾聽我們卑微的願望。

沒有說出口，卻許著相同的願望。

輕擁著，靜靜的離去。

「明年的過年，我們還是一起過。」

「當然。」

有什麼好懷疑的呢？如果分離的那刀真的會來……等砍下來再喊痛不遲。現在不用急著哭。

穆棉的笑容漸漸增多，醫生雖然覺得心驚膽顫，卻也不得不同意她的狀況的確好轉。

尤其開學後，至勤將社團全辭掉，只剩下打工要忙外，時間顯然空了出來，每天看得到至勤的心安感，讓悽惶惹人疼痛的穆棉，漸漸煥發出活力，許久沒聽見的大笑，偶爾也會在家裡出現。

一點一點，重重封印的少女穆棉，從歲月摧殘的手底，露出淘氣的眼睛。

這讓至勤快樂起來，工作時分外的帶勁。他和烈哥已經成了拍檔，鏡頭下的至勤，從最初的冷漠和僵硬，之後粗野的潑灑自己的魅惑力，到現在，溫柔寬宏的天使樣。

他成了新美國棉的代言人，就為了他聽見「棉」這個字，滿溢出來的愛與溫和。

但是，今天的拍攝工作，卻很不順利。

至勤的確很努力，但是全身滿滿的暴戾之氣，拍不出新美國棉的純淨和柔軟。

「不拍了！下工下工！」其他人喃喃的抱怨著，議論著，走出攝影棚。

烈哥轉身離去，至勤乏力的將頭靠在手臂。

冰冷啤酒使他起了一身雞皮疙瘩，默默的接過，喝著至勤原本不喜歡的啤酒。

「剛打架？跟誰？」烈哥丟了幾片ＯＫ繃，至勤的指節或整或破，有的烏青，有的又流血。

「一個混蛋。我真想殺了他。」大口喝了幾口，一不小心嗆到，咳得臉都青了。

「不會是副總監吧？」烈哥想到陰森森的良凱，不禁頭痛。

「為了她身上累累的瘀青和抓傷，我應該將他凌遲。」怨毒的，至勤從牙縫擠出這句話，忿忿的開了另一罐啤酒。

「啊？」烈哥握扁了啤酒罐，有些失措，「難道……不會是他對穆小姐……呃……那個……」

「不要說出來！」至勤吼著，「不要說出來……烈哥……我怕我控制不住，會對你動手……」

「這個……自己的女人被人家傷了，的確是會氣死人的……」烈哥輕輕咳了一聲，「但是你不可以怪穆小姐，知不知道？女人家已經夠傷心了。反正你們也不會結婚，拿這種事情指責人家太沒品了……」

「我從來沒有怪穆棉。野狗要咬她，她能有什麼辦法？」若不是怕穆棉沒人照顧，他是很想乾脆殺了那傢伙，「誰說我不會娶穆棉？等我當完兵，就跟穆棉求婚。她答應等我的。」

烈哥搔搔頭，「至勤，穆小姐是很好，但是她大你這麼多……」

「跟和我年齡相稱的人結婚，就會幸福嗎？」至勤大膽的直視烈哥的眼睛，他一時語塞。

是啊，能保證嗎？

「或許無法保證。」

「是啊，我知道。」

心事重重的回到家裡。看見穆棉胡亂丟在桌子上的藥袋，痛心的感覺一點一滴的爬上來。

那天穆棉回到家來時，他正好在廚房做果凍。聽到穆棉進來，探頭出來看，她已經衝進浴室裡洗澡了。奇怪的是，常常被至勤碎碎唸，滿地丟衣服皮包的壞習慣，居然沒有犯。

等果凍涼了可以放冰箱，穆棉居然還在浴室裡。

「穆棉？棉？吃飯了沒有？我幫妳留菜囉……棉？妳還在洗澡？不要睡著了，棉?!」

「我沒睡著，」大約是浴室的迴音效果吧？她的聲音怎麼悶悶的？「就好了……快好了。」

奇怪。至勤覺得有點不對勁，熱好了咖哩和湯，穆棉出來，穿著白棉睡衣，規規矩矩的扣著釦子。

「怎麼了？眼睛紅紅的？」

「隱形眼鏡啦。揉的。」穆棉低頭開始吃飯，為了舀湯，寬鬆的長袖子褪到手肘，一大塊的烏青，把至勤嚇了一大跳。

「怎麼了?!」不管穆棉慌著躲，發現左手也有相同的烏青。一圈，後手肘又一個深深的青印子。就像是被人強迫的抓住雙手似的。

「發生什麼事情了？」至勤火大起來，「為什麼呢？良凱在幹嘛？他不是要送妳回來嗎？……」

望著不肯說話的穆棉，他愣住了。

「難道是良凱……」

「不！不是，不是！不是！」穆棉急著分說，至勤怔怔的，突然野蠻的扯掉她睡衣的鈕釦。

「住手！至勤，別鬧了……」她的脖子整片整片的烏青淤血，有的是殘暴的吻痕，有的是深得幾乎出血的齒印。

「鬧？」他氣得指尖都發冷，「那個混蛋～我馬上去殺了他～」

「不要……」穆棉拖住他，懇求著，「真的不是，不是不是……」

「不可以說謊。」至勤一想到良凱居然這樣傷穆棉，只想要殺了那個混蛋。

「……」默不作聲了一會兒，穆棉輕輕嘆了口氣，「我虧欠他也不少了……」

「再虧欠也不是這麼還的。」至勤漲紅了臉，拚命忍住在眼底打轉的眼淚。

穆棉害怕嗎？那個時候？有沒有喊我的名字？是不是希望我去救她？還有多少我看不到的傷口？

他緊緊的握住拳頭。

若是可以，我想殺了他。

一開始被他可愛的臉龐騙了的良凱，被打了幾下就招架不住，但是被打得這麼慘，他卻在狂笑。

「你打啊！繼續打啊！」良凱嘴角流著血，吼著，「就算打死我了，穆棉還是跟我睡過了！」刺耳的狂笑，惹得至勤眼睛發紅，緊緊咬住牙齒，免得自己失控。

豁出去的他，連珠炮似的污言穢語，不停的重複穆棉和他之間的過程，誇張的形容穆棉的歡叫，和淫蕩的舉止。

慢慢的舉起拳頭，狠狠地命中鼻梁。至勤很明白，他沒打斷良凱的鼻骨，只是流下來的鼻血，可以讓他暫時閉嘴。

「你雖然認識穆棉這麼久，事實上，你不了解穆棉。」盛怒離開了至勤的臉，慣有的冷漠像是面具似的，「對於任何違背自由意志的人、事、物，都只會引起她的不悅。」

將良凱摜在地上，「我知道穆棉。雖然我還沒碰過她。但是我知道，她才不會屈服在強暴犯的手下。但是我也知道，不管是不是強暴犯，你對她來說，都是不願傷害的人，所以……」踢中良凱的肚子，讓他吐出來，「所以，這樣就好，不能取你性命。」

雖然是今天早上才發生的事情，但是打從他一離開，就開始後悔了。

怎麼就這樣放過他？起碼要電擊棒伺候一下，就像香港警察對付強暴犯做的「行為治療」。

穆棉比往常早到家。憂心忡忡的朝至勤的身上看了又看，擔心的拉了他的領口，又尋著他的手。看見或整或破的拳頭，她的眼淚，開始在眼底打轉。

「你怎麼……這樣不可以……」鼻子強烈的酸意，幾乎讓她流淚。

「不小心跌倒的。」

「胡說！」穆棉哭了出來，急急的找了藥箱出來包紮。

「你不該找良凱打架。」包好了，穆棉低低的說了句話。

「我又沒打良凱。」至勤心底想著，我只是打了個禽獸，可不是趙良凱。

不知道怎麼安慰哭泣不已的穆棉，至勤只能抱緊她。

沒關係，沒事的。我在妳身邊，一直都在的。輕輕搖晃著身體，讓穆棉緩緩的停住哭泣。

如果可能的話，我不希望讓穆棉掉眼淚。被打得幾乎站不起來的良凱，抱著肚子，精疲力盡的進了自己的辦公室，將門鎖起來。對於驚嚇的同事和上司，完全無動於衷。

趴在桌子上，沒有一點力氣。這麼多年的愛戀，終於到了盡頭。穆棉雖然沒有追究，但是她看著自己的眼光，卻充滿了恐懼。

不要這樣看著我，穆棉。我愛妳，我愛妳啊……這麼多年這麼多年了……這眼光我抵受不住……

所以，至勤發狂似的拳頭，他不大覺得痛，反而有種如釋重負的感覺。大家都一起死好了。大家都不要得到。他發現自己敘述的能力是這麼的強大，強大到自己幾乎都相信了。

但是那該死的小鬼，卻一點兒也不肯信。

或者說，居然沒打算追究穆棉被侵奪的事實。

什麼都結束了。血管裡的血液，急促的流著，潺潺的連自己都聽得見。

行屍走肉似的回到家裡。電話響了很久很久，他一直不想去接。響了好幾次，他終於拿起電話。

「幹嘛不接電話？」羅絲不怎麼高興，「明天我就要回去了。」

一直積壓著的眼淚，突然崩潰。他嚎啕起來，嚇到了羅絲。

延後了回家的時刻，羅絲盡快的趕過來。替良凱請假，照顧他，給他安慰和支持。

為什麼……我那時候會答應跟羅絲離婚？半昏半暈的依在她的身邊，覺得強烈的愛苗又開始滋長……

但是羅絲卻只輕笑了一聲。

「良凱，你有戀屍癖。」

「胡說。」良凱有些恚怒，可恨羅絲總不願意將他的話當真。

「真的呢，因為你老喜歡抱著過往的屍首眷戀。我和你一起生活的時候，你只心心念念的眷念遠在北部的穆棉，等我離開了你，你才開始眷念我們曾有過的美好生活。」

羅絲輕輕爬梳他凌亂的頭髮，「今天是穆棉確定不要你了，你就回過頭來想著我的好了。」

溫暖的東風穿堂而過，飄來茉莉淡淡的芳香，混著羅絲身上的一生之水。

恍惚了一下。穆棉香水擦向日葵，卻喜歡在辦公室插上大把的玫瑰。羅絲偏好香水百合。

這兩個女人，都偏好花香。但是他住的地方完全沒有味道。也不知道可以把花香帶進來。

他的生活，得由她們的香來填滿才行。但是香氣終歸飄渺。

「是我不好……」他握住羅絲的手。這些年打工勞動，閒暇她又喜歡蒔花種菜，不復往日嬌嫩。這長了幾個繭又微粗的手，卻讓他覺得分外有安全感。

「妳不是屍體。」他平靜下來。

憐愛的看著他，羅絲摟著良凱，將他梳上去的頭髮披下來，原本精明幹練的臉龐，一下子顯得稚氣而脆弱。

一張迷失的娃娃臉。

「良凱，雖然你不該對穆棉這樣，但是因為我介意你，所以，我只希望不要再發生類似的事情，要不然，我會送你去住院。」

他輕輕的點點頭。

快四十了。良凱卻和剛認識的時候差不多，一點也不顯老。他可愛的娃娃臉要靠平光眼鏡和梳得水滑的西裝頭來撐，才顯得出成熟穩重。他一直不知道，羅絲會答應他的求婚，就因為淋了一身雨，頭髮全披下來的良凱，看起來那麼的年輕和溫柔。

觸動心底的一絲惆悵和柔情，卻也只是一絲絲。

「該散場，就散場吧。」她輕輕的說。

良凱沒有掉眼淚，只是慢慢的闔上眼睛，疲憊的睡在羅絲的大腿上。

一週後，良凱申請的調職下來了，這次是美國。

拒絕了這些年，他終於前往了。

穆棉去送他，正好和羅絲照了面。第一次將彼此看得這麼仔細，羅絲不禁笑了起來。

果然像。像是三生石上舊精魂，良凱欠了我們，或是我們欠了良凱。也許此時償還完了，將來也就沒有瓜葛。

「保重。」良凱只逼得出這兩個字。自從那個失去理智的夜晚，穆棉沒和他說過一句話。

「你也保重。」穆棉微笑著，伸出手。良凱的心裡卻微微的刺痛。以前，穆棉會輕輕拍打他的背，柔軟的笑笑。

現在只是客氣的僵著笑容，冷淡的伸出手。

真的結束了。

等飛機飛出視線，緩緩步出機場的她，終於淚凝於睫。這麼多年的糾纏，終於劃下了休止符。

心裡沒有如釋重負的感覺，反而是強烈的失落和遺憾。

她不是不喜歡良凱。但是喜歡並不一定等於愛。無法回應，卻也無能拒絕，空空負了人，卻得這樣分開。

站在大雨初落的機場簷下，臉孔上有著相同的滂沱。

若是夏天裡的大雨，能洗淨天空，那麼，也請淚水洗清心底的陰霾吧。

穆棉的生活步入正軌，卻沒有注意到至勤焦慮的注視。

只是有些奇怪，這些日子至勤突然迷上藥補，努力的煮了香噴噴的人參雞或四神湯，四物更是家常便飯。

剛好良凱離開後，穆棉忙得不可開交，這些食補也算來得正是時候。只是至勤的胃口似乎不太好，總是若有所思的看著穆棉。

「怎麼不吃？」她覺得奇怪。

「我不太餓……」至勤笑得有點尷尬，「好吃嗎？」

「嗯！」穆棉露出幸福的笑容，「好好吃唷！」

晚上他很認真的做筆記，啃書。連到了攝影棚，也帶著去啃。烈哥看他出神，伸長脖子看了一下書名，臉都僵了。

「懷孕手冊?!你這小子～～真的做了～～幾時？預產期是幾時？」

「我也不知道啦。」至勤闔上書，「不是我害的。我想……應該是良凱惹的禍。」

「啥？」

「烈哥，女人懷孕食量變大，卻不想吃酸的，正不正常啊？」

我哪知道啊？烈被問得一愣。「應該……應該……」努力搜尋著以前的聽說，「應該算正常吧？」

「那就好。」

「你該不會鼓勵穆棉生下來吧？」烈還是不知所措。

好什麼啊？

「當然，要不然你希望我怎麼做？」至勤倒豎起眼睛。

也對啦，生下來……「但是，那是別的男人的小孩ㄟ，不要跟我說你不在意那種鳥話，我看太多嘴巴大方的傢伙了。」

「我當然在意啊！」至勤開始浮現怒氣，「那個畜生……這樣可惡的傷害穆棉！」

「那你還要穆棉生他的小孩。」

「才不是他的小孩！」至勤握緊拳頭，「你知不知道，卵子跟精子根本不成比例?!卵子壓倒性的大很多ㄟ！那、是、穆、棉、的、小、孩！只是借他一個細胞觸發生長，懂不懂?!」

烈被他的氣勢嚇到，只敢陪笑。

「而且，拿掉小孩身體會不好。」他又轉為憂傷，「她的身體夠不好了……」

哪有什麼不好？烈在心裡嘀咕著，最近看到穆小姐來探班，臉色紅潤，中氣十足，跟至勤嘴裡的奄奄一息真是天壤之別。

「懷疑啊？」

「我哪敢啊？」烈哥陪笑著，這傻小子飆起來，可也恐怖的很，「但是小孩跟小貓小狗不同喔，一旦生下來，就是一輩子的責任。你有心理準備嗎？如果只是嘴巴仁慈，那就算了，」烈哥點了菸，「一個女人獨力生下小孩，獨力撫養，不是我說話不好聽，好歹她都快四十了，起碼二十年小鬼才能自立。那時她都六十歲了。」

「我不會讓她一個人面對的。」抱著書，至勤的表情堅決起來，「雖然我還要一兩年才畢業，加上兩年的兵役。但是，等我去當兵的時候，小朋友應該會喊媽媽了。當兵又不是坐牢，就算調外島，我也還是有假。」

對著至勤的固執，烈不知不覺的感動，「你真是的。小孩子要叫你啥？爸爸？」

「隨便啦。」心事傾吐出來後，覺得舒服多了，不曉得多少次，他想跟穆棉討論這件事情，卻尷尬的不知道怎麼開口，「我們是家人，就算叫我的名字，也無所謂。」

他露出那種可愛的，生氣蓬勃的笑容。

「別動。」他命令至勤，「就這樣看我這裡。」

坐在亂七八糟的攝影棚角落，穿著破爛骯髒的T恤，臉上還有點污痕，卻像皮下發出光似的溫柔。

每個人都有自己應該在的位置。至勤的位置，就該放在穆棉身邊，當她的守護天使，同時被穆棉守護吧？

烈沒說出口的感想，卻在照片沖洗出來以後，透過攝影的四方框告訴了他。

回到家，他照例做了藥補，等著穆棉回家。

「好香唷……」胖了些的穆棉，笑眯了眼睛，「我猜猜，今天是什麼？冰糖燕窩？」

「賓果！」至勤也笑嘻嘻的，端了冰鎮許久的燕窩上來，看著她滿足的吃著。

「穆棉，我們要永遠在一起唷。」

「當然，」她笑著，少女般無憂無慮的神情出來，「我們會一直在一起呀！」

「就算是小寶寶生下來了，我們也還是在一起的。我們，和小寶寶。不要因為小寶寶嫁給良凱。」

穆棉的湯匙掉了下來。

「我是認真的。來得及，來得及陪妳懷孕和生產，等小寶寶滿周歲才會去當兵。就算去當兵，一有假我就會回來，真的！我不會讓穆棉一個人面對……但是不要因為寶寶就跟良凱一起……」

「我沒有要和良凱一起。」她別過臉。

糟了，我把穆棉弄哭了。「穆棉、穆棉……」至勤開始罵自己笨，「是我不好，我亂想……但是也別拿掉小朋友，因為那是穆棉的孩子……我最喜歡的穆棉的孩子……」

「不介意嗎？」她蒙著臉。

「當然不會！」他扶著穆棉的肩膀，發現她在劇烈的顫抖，大聲了起來，「就是穆棉的孩子嘛！為什麼我要介意呢？」

穆棉也大聲了起來，笑。害至勤不知怎麼辦。

她擦了擦笑出來的眼淚，「你以為我懷孕了，所以拚命燉補品給我吃，對不對？」

以為？「難道沒有？……」

「這些燉補品的錢，都是你自己出的，對不對？」

「那、那是……那是小抽屜裡的錢……」至勤臉紅了起來。

「說謊。」穆棉輕輕搖搖頭，「但是我喜歡你這種說謊的表情。」親親至勤的臉蛋。

她出神了一會兒，模糊感傷卻也幸福滿足的神情。

「就算我被強暴，就算我懷了強暴者的孩子，你還是愛我。對嗎？」

「當然啦～」這麼理所當然的事情，為什麼要懷疑呢？

穆棉不知道要怎麼告訴他，至勤認為理所當然的事情，在現實中根本是可悲的相反。

她想起自己的同事。因為歹徒侵入了她的租處，被強暴以後，論及婚嫁的未婚夫馬上解除了婚約。因為覺得她，被「弄髒」了。

瞬間，覺得自己非常的幸運。雖然穆棉不覺得自己被弄髒。

「不會有那個孩子的。從來都不會有。真的。」她握著至勤的手，輕輕吻著努力幫她進補，努力讓她快樂的手指。

突然覺得有點悵然若失，卻也鬆了口氣。畢竟，一個小孩代表的是一生的牽絆。對於他這樣恐懼親子關係的人來說，實在是個很大的負荷。

但是……他卻覺得有點想哭。

少掉一個可能會無條件愛他的人。他夢中的小小嬰孩和奶香，就這麼沒有了。

「這麼想要小孩啊？」穆棉笑了起來，「那我們生一個好了。」

他的臉馬上飛紅起來。

「啊？」看著他漲紅的臉，穆棉覺得荒謬又好笑，「至勤，原來你還是處男啊？」

「混、混蛋！不要說出來！」該死……穆棉的睡衣少了一顆釦子……

他衝進洗澡間，狠狠地沖起冷水澡，也許該加點冰塊……

長得再可愛，還是有著男人的悲哀。

他又想哭了。

後來穆棉去看醫生，笑著跟他說這件事情，醫生卻搖搖頭。

「穆棉，這種玩笑很不好。早晚會弄假成真。姑且不論他的感情成熟否，但對於在意妳的人這樣說……」

她想了會兒，「大夫，或許吧。但是，我自己也不懂，到底將他定位在什麼地方。」

「哦？」

「我很喜歡他，愛他。但是，不足以到想要跟他……唔，生小孩。或許太多年都是這麼過，我已經不知道怎樣跟別人建立親密的關係。」

醫生好脾氣的笑著，「妳跟至勤同住在一起，多少年了？」

「四年吧？」

「人的一生，累積起來，也不過就是幾個四年罷了。」

穆棉呆了一下。也不過就是幾個四年罷了。若是這些四年不這樣循環了……她心底的恐慌突然慢慢爬起來，喉嚨乾渴的幾乎裂開。

相信我……要相信我喔……因為我也相信著穆棉……至勤的聲音在她耳邊響著，將那種強烈的口渴感壓下去。

沒事的。沒事的。

「大夫，所以我們的四年，還會繼續累積下去。」

醫生嘉許的點點頭，對於她的進步很有些滿意，「就算四年不再循環，妳自己也能走下去。」

「是啊，只要大夫還在看診，我自己也能走下去。」

「呵呵……」他笑出聲音，在病歷上沙沙的寫著。

安靜的陰天。陽光偶爾會透出雲層，大多數的時候都隱匿在安靜的雲靄裡。一下子天明，一下子黃昏。在這個展望良好的看診室裡，穆棉的思緒一下子飄得很遠。

那一天，也有著這麼陰晴不定的黃昏。她站在落地窗前，看著晚報。斗大的標題，她不敢相信的，看了又看，看了又看。

就像有人在她的脖子上砍了一刀，血液爭先恐後的奔流出去。所以她的眼前只是一黑。然後，開始跑。

原來她從來沒有忘記過。相反的，那兩個小時太清晰。清晰的幾乎觸手可及，所以她告訴自己，我已經忘記。

「天這麼黑……」她說。

「嗯？」

天這麼黑，風這麼大，
爸爸捕魚去，為什麼還不回家？
聽狂風怒號，真叫我們害怕。
爸爸！爸爸！我們心裡多麼牽掛。
只要您早點兒回家，就是空船也罷！
我的好孩子，爸爸回來啦！
你看船艙裡，裝滿魚和蝦。
努力就有好收穫，大風大浪不用怕。
快去告訴媽媽，爸爸已經回家！

……………

穆棉終於讓眼淚滑下來。

「大夫，這些年來，你一直在問我，空難的黃昏，消失的時刻我到了哪。其實，我只是攔不到計程車，徒步跑回家去。」

醫生停下筆。這麼多年來，他一直以為穆棉的記憶陷入短暫空白的狀態，所以那兩個小時消失了。但是治療了她這麼多年，她的平靜卻只是呆滯，痊癒卻只是畏縮而已。

第一次，她願意真的敞開心，提到那個對她來說非常恐怖的黃昏。

「跑過了好幾條街，跑過一個很大的小學。很大，我跑了好幾分鐘才過去。小朋友在背課文。天這麼黑……爸爸捕魚去……為什麼還不回家……為什麼大家都不回家了……別人的家人都回來了……為什麼我的家人都不回來……」

她靜了一下，醫生將面紙遞給她。

「說出來，也就過去了。」大夫寬容的笑著。

穆棉也露出笑容，這段苦痛的往事，常在噩夢深處折磨著她，說出來，卻覺得……沉沉壓得她喘不過氣來的水壓，突然消失了。那種深海無法呼吸的感覺，竟然暫時的煙消雲散。

「沒有過去。我的心裡，還是會想他們。」穆棉拭淨了眼淚，「但是，我相信我是個很幸運的人。我的家人，到臨死前都念著我。雖然我恨過廖哥哥……他不肯讓我就此死了……」

「幸好我沒死，」她閉上眼睛，神情那麼的單純滿足，「我不會遇到大夫，不會遇到至勤。」

「我希望妳不要再遇到我。」醫生溫和的說，「妳能平安的離開這個門診，對我來說，就是最好的鼓舞。」

「因為大夫也是一千種瘋狂面貌中的一種而已，對吧？」

他笑。

等穆棉離開，他偏頭想了想。究竟是他治好了穆棉，還是穆棉治好了他？這些年來治療穆棉，像是從另一面不同角度的鏡子觀看。原本瀕臨離婚邊緣的他，居然就這樣一路行來。

他拿起電話，在下一位病人進來前，打電話給自己的妻子。

「怎麼了？」妻子有些詫異。

「沒事。只是想聽聽妳的聲音。」

在還能珍惜自己家人之前，盡量的，珍惜。

「那個庸醫怎麼說？」至勤關心的問。

穆棉看著他，突然發現，他真的長大好多。雖然還是這麼好看，卻漸漸煥發出成熟的英挺，不復過往稚氣的嬌嫩。

「至勤長大了……」摸著他的頭。

「我問什麼，妳回答什麼呀？」他覺得啼笑皆非。

穆棉伸了伸舌頭。

暑氣漸盛，夏天漸漸酷熱了起來。

正值穆棉的生日，幾乎跨進四十歲的她，有著似愁似喜的感慨。

芳華將逝。在三十九歲的這一年，看不出來年紀的她，卻有著反常的嬌嫩。她自己明白，就像繁花將謝的前刻，總會有著讓人驚豔的豐美盛極，過了這一刻，飄零若雪，無法停息。

凋零在即，卻在凋零前，能夠為至勤美上最後一段歲月，心底不知是苦是甜。

過完這一年，至勤就得當兵去。等兩年一過，年逾四十的她，也成了色衰的年老婆婆。

這種淒豔的墜落幻覺，卻讓她分外溫柔多感，大夫恐怕穆棉加上更年期的早發，會讓她的病情一發不可收拾，便要她寫日記抒發。

「我不知道要寫什麼。」愁眉啃了半天的原子筆，終於放棄了。

「為什麼一定要寫在本子裡？治療上的需要？」翻開穆棉的日記本，只有些斷句和塗鴉。

「沒有。只是大夫怕我閒得發神經。」

「怎麼不用電腦寫？我看妳用電腦運指如飛。」至勤正抱著自己的電腦在頭痛，教授要他們交的小說作業，大綱才打了一半多一點點而已。

電腦，這是個好主意。長久以來，穆棉習慣對著電腦螢幕構思，果然一到電腦螢幕前，行雲流水般，將生活的點點滴滴，毫無罣礙的打出來。

寫得興起，連至勤的小說都替他寫好，讓他能交差。

成績下來，至勤面孔蒼白。

「怎麼了？」穆棉也著了慌，「不及格？」

「不，教授把文章交到大專組比賽了。」

啊？

雖然只得了個沒獎金的佳作，至勤已經嚇得不敢讓穆棉替他寫作業。

「穆棉是什麼都會的。」至勤的崇拜非常單純而直接。

她笑。寫了一輩子的廣告文案和企劃書，她沒想過自己會寫作。將日記印下來，因為大夫希望看看穆棉的日記，她也應允了。

一疊厚厚的日記，裝在牛皮紙袋裡。

「大夫，若是想午睡，這袋日記可以當枕頭，」穆棉笑著說，「平常不想睡的時候，拿來靠著後腰，可以減輕背痛。」

也寫作的醫生笑了起來。在午休的時刻，他真的拿起來看了第一篇，然後第二篇……

門診不得已的打斷了他的閱讀，一到下班，他連家都來不及回，坐在車子裡，專心的看著，等眼前一片模糊，發現天地已然昏暗。

心裡填著滿滿的滋味，不知道是應該感動，還是痛哭一場。

「沒想到，穆棉的文筆這麼好。」他衷心的讚美，穆棉卻只是笑，「大夫，不用誇獎我，這種治療，對我沒效。」

大夫搖搖頭。門診結束的時候，問她能不能給別的人看。

穆棉偏著頭想了一下。當中大多只是描述憂鬱症來襲的狀態，還有些雜七雜八的心情垃圾。老實說，她不太在乎。

急著回家的她，向大夫點點頭。

一開門，至勤笑咪咪的拿著機票過來，「生日快樂。」

「我的生日早過了。」穆棉也笑，至勤勤勉的做了九十九朵玫瑰花給她，每一朵都是親手做的。

「我知道咩，這叫借題發揮。我答應要帶妳去綠島玩的。」他的眼睛清亮，成熟只是臉龐和漸漸強健的身體，瞳孔還是如嬰孩般有著交界的寶藍色。

那是很久以前的承諾，久得穆棉幾乎要忘記的承諾。

「你還記得啊？」

他輕笑著，「只要是跟穆棉有關的事情，我通通記得啊。」

包括好事壞事？

當中或有風雨，或有狂浪海深，輕輕的握著他綿軟的手掌，想著這個孩子在外面的許多傳聞。在至勤不知道的時刻，許許多多穆棉不認識的女孩上門來挑釁。

這些女孩子……青春在她們的臉上標誌著高貴的驕傲。肢體修長，身影輕靈，她們用直接的話語，或懇求，或恐嚇，或冷靜的解析當中弊端。

甚至包含長得極好的男孩子。

我該怎麼反應？微微的悲酸中，居然有種隱隱的苦澀驕傲。

至勤，本來可以有很多其他選擇的。但是，現在，他屬於我。

他是……愛我的吧？

擁住他，眼淚滲進了他的襯衫。

「怎麼了？」他有點惶恐，「是不是害怕坐小飛機？我們可以改坐船。」

「又不是害怕跟悲傷才會哭。」她勉強忍住眼淚，用濃濃的鼻音說。

「小孩子似的。」至勤咕噥著，這種硬裝大人的口吻，逗得穆棉破涕而笑。

硬在密不透風的工作行程中排出假期，不管老闆的暴跳如雷。

「我看他好像不太高興。」來接她下班的至勤回望著還在冒煙的老闆。

「別鬧了。我在這個公司工作了二十六年。老闆叫我往東，我不敢往西；叫我上吊，我不敢跳樓。累積二十幾年的公假，居然不准我七天？」

至勤笑著抱住她。

「喂，電梯裡有攝影機，樓下警衛看得到唷。」穆棉擰擰他的鼻子。

「我們等等要記得跟他們收費。」就在電梯裡吻了穆棉。

不顧大樓管理警衛眼睛瞪得像牛眼，兩個人手牽手逃命似的跑出大樓，不曉得笑什麼的喘不過氣。

就要去綠島了。

他們沒去擠飯店，反而在柚子湖找了家民宿住下。至勤很得意的告訴穆棉，是長年跑綠島的烈哥幫他安排的。

穆棉微笑。她曉得陳烈很久了。但是這個脾氣暴躁的名攝影師，居然和至勤投緣，這就讓她覺得意外。

聽到一些令她不安的傳言，正考慮要不要去找陳烈談談的時候，他倒是上門來。

「至勤勞您費心了。」穆棉客套著。

他將手一擺，「沒啥費心，妳對他好點就得了。別讓他上個工也愁眉苦臉。」

幾句話談過，穆棉發現至勤遇到了貴人。一顆懸著的心，終於放了下來。

「謝謝您對至勤這麼好。至勤很需要像您這樣的父親形象學習。」她終是誠懇的說。

「誰、誰會有那種笨兒子啊？」陳烈的臉都紅了，「那個笨手笨腳的笨小子，不曉得妳看上他哪一點，穆小姐，」陳烈還是有點不解，「這些年追求妳的人會少嗎？」

「這些年在您身邊工作的人會少嗎？」

穆棉倒打這一耙，害他一下子愣住。

她鬆了口氣。人生無常。一想到自己有個萬一，將至勤孤零零留下的時候……總是坐立難安。

到底還有個父親似的人對他好，連出遊都替他打點過。

暗暗慶幸著。

民宿的這家人很和善，租給他們的小房子，本來是遠遷到台灣大伯一家人的。若不是陳烈交情夠，根本沒得談。

相當雅緻的兩層小巧樓房，貼著乾淨的二丁掛。步行十分鐘就是海。獨門獨戶，也不怕吵了人，女主人還以為他們來度蜜月。

「對啊。」至勤笑著。

穆棉打了他一下，莫名其妙的心跳了起來。

七天的假期呢，他們又不是趕熱鬧的人。所以第一天的活動，只是單純的下水。

運動神經很好的穆棉，居然不會游泳。穿著泳衣尷尬的喝了一個早上的海水，決定抱著游泳圈不放。

「不會沒關係。我會救穆棉。」推著她的游泳圈，至勤笑著。

天空淡淡的蒙著絲絲的雲彩，讓豔藍的天空轉為淡藍，也因為蒙著薄薄的雲層，太陽不再那麼歹毒，附近露營的學生們，吆喝著打起沙灘排球。

游累了的穆棉和至勤，坐在旁邊看著，穆棉笑著，「藍隊發球可以更猛些。」

不巧，這麼小聲的建議，讓慘敗的藍隊聽見了，不大開心的隊長說，「阿姨，要就下場，別在旁邊GGYY。」

一時起了童心，穆棉真的下場。一開始失誤了幾次，一旦熟了，殺了幾個猛球過網，一下子把白隊嚇到了。

這根本是屠殺嘛。至勤笑了起來，參進了白隊。

隔著網，在絆腳的沙子當中飛奔救球，原本綁著長髮的橡皮筋斷裂，一頭原本柔順的頭髮在風中張牙舞爪，向來斯文的她，發出野蠻的殺球聲，惡狠狠的殺過來。至勤不敢讓她，嚴謹的打了整場，最後還是輸了，不過，小輸兩分。

幾乎喘不過氣來，滿身晶瑩汗珠的穆棉，脫力的坐在沙灘上，不管瓶口有沒有沙，就這麼往嘴裡灌。

「再打半個小時，我們非輸不可。」真的老了。她幾乎把重量都掛在至勤的手臂上，慵懶著。

回到住處，沖了很久的澡。洗得這麼燙，出來還是滿身的水氣。

等至勤洗好出來以後，怕熱的穆棉，穿著露出手臂的背心和短褲，薄被也不蓋，靜靜的躺在床上，閉著眼。

度蜜月啊？至勤的耳朵響著早上女主人的話，心裡突然跳得好快。怯怯的捱到穆棉的身邊，輕輕的銜著她的耳朵。

原本半睡眠的穆棉，將眼睛睜開一點點，看著至勤。

「度蜜月啊？」她模仿著女主人的口音，對他說，笑著。

「我是認真的。」沒有笑的至勤，臉孔繃得緊緊的。

穆棉沒說什麼，只是把眼睛閉上。他開始大膽的咬她胸口的釦子。

「至勤。」

「嗯？」他全身的肌肉都僵硬了。穆棉是不是要拒絕我？

「我老了。身體也不好看。肚子已經開始下垂了。乳房也沒能抗拒地心引力。」

「沒關係。」

「關燈啦。」

至勤乖乖的去關燈。

「窗簾沒拉攏啦。」

至勤實在不覺得窗簾有什麼問題，但是他還是重拉了一遍。

「冷氣不夠強，人家在流汗啦。」

我就沒流汗。至勤開始有點嘀咕。

「這個……啊……我肚子餓了……」

至勤看著她，恍然。

「閉嘴。」他吻了穆棉，讓她沒有說藉口的機會。

雖然有點生澀，不過，他們倒是配合的很好。至勤有點慶幸，致信藏在宿舍裡的VCD還是有點貢獻的。

漸漸的，VCD的情節慢慢的在腦海裡褪去。應該說，除了穆棉和他自己以外，什麼都不復存在。

他還模模糊糊的記得，進入穆棉的剎那，穆棉突然像是被刀子插入般的，用力的，一挺。

只覺得深入她的地方，像是被吸附住，那種感覺轉化成電流，流竄全身。然後就讓狂喜和喪失理智淹沒了。

在這種無止境的狂歡中，他卻還有一絲絲感到高興的情緒存活。

我就知道，我是愛穆棉的。因為和她在一起，我才能有這種複雜的情感，在這萬分混亂昏迷的時刻。

然後就像大浪中起伏，還聽到陣陣尖銳的海魔笑聲。很久很久，他才發現，那是他斯文穩重的穆棉發出來的，歡快的叫聲。

更尷尬的是，另一重的叫聲是自己的。

尷尬的情緒沒有持續太久——大約一兩秒吧——接下來的事情，他們幾乎都不記得了。雖然夜半的雷雨那麼大，但是隔壁棟的主人夫婦，還是要非常忍耐，才不會因為他們的叫聲笑出來。

*　*　*

至勤先醒過來的。他睜開眼睛看著天花板的水光，以為還在台北的家中。想起身，這才發現四肢如鉛般沉重不已。

隨著這種痠痛，他漸漸的回想起來昨夜的事情。這是他第一次的經驗。卻轉著荒謬的想法。

幸好穆棉不抽菸。若是抽菸的話，我可以抱著被角掉淚，她大約會說，「別哭，我會負責的。」

……

在這麼重要這麼感性的一刻，我在想啥？

用力的甩甩頭。

「幹嘛？想把頭甩掉啊？」穆棉的聲音啞啞的，卻很性感。

「穆棉真漂亮。」沒頭沒腦的冒了一句，她笑著敲至勤的頭。

「我要去洗澡……」至勤卻像八爪章魚似的緊緊抓住她，「不要。」

「別鬧了……唔……」

他們倆整天都沒離開屋子。隔壁的主人夫婦站在屋簷下聊天。

「老ㄟ，你看要不要給他們送點飯菜？整天沒吃可以唷？」

「哎唷，人家新烘爐新茶壺，妳去吵啥睹？」

「嘻嘻嘻嘻……」女主人掩嘴笑了起來，「真奇怪，這些囡仔千里迢迢跑來綠島度蜜月，整天關在屋子裡不出門。」

「唷，牽手ㄟ，妳忘記囉，我們……」

女主人吃吃的笑，男主人捱了好幾下胳臂。

正好中場休息，穆棉臉紅紅的聽見了，至勤只會賊賊的笑。

「我們去吃飯啦……」她掙扎著要起來，至勤按住她，「我們還有巧克力，等一下再去吃……」

「別人家在笑了啦！」

「他們忌妒。」埋在她的胸前，聲音含含糊糊的。

「至勤！別鬧了……唔……天都要黑了……」

「那是窗簾啦……」

「窗簾繡夕陽啊？你神經……」

第二天一早，穆棉堅持要出去吃飯觀光。

「哎唷，我不想出門，太陽好大。」他涎著臉賴著。

「哼。要是沒有觀光的照片回去，我們兩個會被虧死。」

「就說下雨嘛！」

「綠島天天下雨？」

「東南氣流影響，所以綠島天天下雨嘛……」

雖然穆棉再三堅持，不過，真的前三天都在，「下雨」。

「沒有人下那麼久的啦！」穆棉氣得臉鼓鼓的，「我還沒去海底溫泉！」

至勤笑軟了手腳，終於肯出門去旅遊。

綠島很小，半天就可以逛遍。但是他們不喜歡趕時間，總是悠閒的騎著單車，一個據點一個據點的玩過去。

島小，哪個方向都能看到海，和海有關的岩洞和礁石特別多。海風徐徐吹來，太陽並沒有想像中的毒辣，但是一不小心就會曬黑。沿途猛塗防曬油。

「壞蛋！」啪的一聲，穆棉打了他一下，「那裡需要塗防曬油嗎？」

至勤親親她的臉龐。「晚上我們再來海底溫泉。」

溫暖的像是洗澡水一樣的溫泉，稍微偏了點，就會接觸到冰涼的海水。像是在洗三溫暖一樣。

仰頭，銀河在天際橫越。滿天的星星，多得讓人暈眩。在水底，緊緊的握著手，怕星星太滿了，從銀河中跌落，將他們倆沖散。

往事像走馬燈般，在心底盤旋著。

橫越許多悲痛的過去，當中或有一絲毫的甜蜜，卻是悲戚的苦居多。想到彼此曾經有過的磨難……

希望讓她的苦難到此為止。讓我陪著。

希望讓他的銼磨到此為止。讓我陪著。

不約而同的，在心底許著相同的願望，以銀河之名。

從綠島回來，致信過來找他。

在蟬響葉濃的夏天午後，看著旅遊的照片。

「這麼幾張？」一捲恐怕都沒照完。

「還有別的事情要忙。」

致信是少數幾個了解他們的人，他張大了嘴看著至勤。

「你終於……終於……」

「對！」至勤神情愉快的大聲，「等我當完兵，馬上跟穆棉結婚！就算現在要結婚，我也願意的。」

致信默不作聲了一會兒，「我真羨慕你們。」

為什麼？「你不是跟漫研的朱兒都論及婚嫁了？」雖然兩個大學都還沒畢業。

「我媽媽反對。」至勤才發現，致信深深的沮喪著。

「伯母？她不是很喜歡朱兒嗎？」

「……是啊……但是……朱兒大我一歲……」

一歲？至勤突然動怒起來，「她可沒騙過你，對吧？」

「我知道，我知道啊！」致信也生氣起來，「不過就是一歲嘛！我怎知道我媽知道了就氣炸了！她還拿我們的八字去合，結果大凶。所以……」

「拜託！是你要娶太太，還是你媽要娶啊？」至勤想起朱兒最近的鬱鬱寡歡，火冒三丈。

朱兒那種鬱鬱的眼睛……他不想再看到！簡直就像穆棉失了魂魄的時候。

還是讓他非常心痛。

「你懂什麼?!」致信也氣了起來，為什麼大家都責備我？我也很痛苦啊！「我跟爸媽從來沒有吵過架！他們是很好很好，一心一意愛著子女的爸爸媽媽！」他想起小時候，父母經商失敗過，寧可餓著肚子，也要把最後一碗飯給自己吃的爸媽；流氓來討債，抓著他當人質，雙雙跪在地上，將頭磕破，染了一地的血，連流氓都感動的爸媽。

「他們也是為我好啊！雖然我這麼的愛朱兒，但是我也愛我的爸媽！媽媽一提到就哭，她還跑去廟裡想減壽度厄……不管有沒有根據，她都是一心要我好啊！」

發完了脾氣，兩個人雙雙的沉默。

至勤的心裡卻翻湧著苦澀和憤怒的害怕。想到朱兒沒有生氣的眼睛。漸漸和穆棉重疊。不，他不想看到穆棉不幸。但是朱兒就要重蹈了。

「走吧。你想想清楚。」至勤沉重的說，「相愛是很困難的。你愛她，她又剛好愛你。不管是哪個地方都能契合。我從你們一開始看到現在，我知道，她和你完全適合。這是很……很不容易的事情。」

簡直就是奇蹟。

靜默。「說不定，」他苦澀的說，「說不定朱兒在我當兵的時候就會兵變。早點分也好。」

還沒弄清楚發生什麼事情，已經讓至勤打青了一隻眼圈。

「滾。」

晚上，他跟穆棉說了整個事情，穆棉低頭。

「我很幸運。」淡淡的。

「妳的幸運就是我的幸運。」至勤強迫她看著自己，「所以我們要彼此守護對方的幸運，好不好？」

這樣的害怕，所以穆棉哭了。

不過，至勤實踐了他的諾言，直到畢業前，都沒讓穆棉哭過。

但是他入伍的前晚，穆棉的眼睛沒乾過。而且他神祕兮兮的很晚才到家。

「吃飯了嗎？」她沒有生氣，擔心是不是餓著了他。就要很久才見得到，不禁哽咽了起來。

「喵。」一顆小小的貓頭冒了出來，楚楚而熟悉的眼睛。

賽茵？

「不，她是母的，可賽茵。我相信他轉世成母貓，來找媽媽穆棉了。」

這些天的奔波勞苦，就是為了要找賽茵的轉世？

她接過了那隻白底虎紋貓，淚如泉湧。

「我不在的時候，可賽茵會照顧妳。但是，我總是會回到我們的家，妳總得相信我。不只可賽茵和我是妳的貓，妳和可賽茵，也是我的貓。這是主人應盡的責任，讓妳們幸福。」

恐懼生離死別的穆棉，在車站卻沒讓至勤太擔心，看著列車出站，她緊緊抱住可賽茵，抵抗分離的劇痛。

「回家。」她吞下一口口水，硬生生的把眼淚吞回去，「可賽茵，我們，回家。」

後記

親愛的致信：

收到你通知結婚的MAIL了，我倒是滿驚訝的，不過，美國人也是人，結婚結的又不是膚色。聽伯母說，那女孩比你大兩歲。

只要你好好珍惜就好啦。我跟穆棉差了那些年，也不覺得差了啥。

我和穆棉的後來？後來讓各位失望了，我沒有拋棄穆棉。

出獄後……咳，我是說，退伍後，我想用最快的速度回到家，但是穆棉卻包了計程車，從台北到龍潭來接我。

兩年的光陰，讓可賽茵長得非常標致健壯。她總是神祕的搖著尾巴，發出那天雨夜裡，我聽見的貓叫聲。

我發誓，真的，我真的見過賽茵。因為這份敬畏，所以我們家的地位圖是這樣的：

穆棉＞可賽茵＞我

沒辦法，替妻兒做牛做馬是為夫者的榮幸。雖然穆棉從來不肯讓我做牛做馬，也常譏笑我的口氣。

退伍後，我到穆棉的公司上班，穆棉卻在之前離開了公司。

想不到吧？她寫的「憂鬱症者日記」——就是那個蒙古大夫要她寫的日記——居然得了個莫名其妙的獎，然後她就莫名其妙的開始寫小說，莫名其妙的走紅。

四十歲那年，她乾脆從公司退休，專心寫作。

我們的生活顛倒過來，我上班，她在家等我回去，同時寫作不輟。但是，我不喜歡她煮飯煮得辛苦，雖然找了人煮飯打掃房子，但是整天見不到她，怪怪的。

當兵兩年見不到她就夠煩的了。

後來我成了 SOHO，專攻廣告設計，還算能溫飽。我們工作室在隔壁，有時會過去互相商量情節或廣設文案。

這就是我夢寐以求的生活……

電話鈴間斷了他的思路，擱下了電腦，朝著電話吼，「搞啥啊？不是要來拿稿嗎？再不過來我要出門去了……我們穆棉？別鬧了！我就是要去她哪兒啊！她怎麼會在家？連我們可賽茵都去了……聽好，我給你十分鐘……不要跟我辯！要不然我直接找明倫，我們的合作關係就算了！」

嘟噥著坐下，看著錶。穆棉的簽名會要開始了，他急著要去幫忙……雖然說，除了在旁邊看，他也幫不上什麼忙。

但是穆棉總是這樣才會精神突然一振，像是嬌豔的花朵盛開。

我和穆棉嗎？我們結婚了……雖然沒有辦戶口，也沒打算生小孩。高齡產婦總是危險的，真要小孩又不必非自己生不可。至於戶口，穆棉覺得一張結婚證書綁著的婚姻，是種虛偽中的虛偽。

你知道，我無所謂。

我們很好。

接到你的MAIL真的很高興，那天伯母對著我哭訴了半天，還要我找朱兒出來。她懊悔不已。若是當初你娶了朱兒，總比娶金髮姑娘強。費了好多工夫才讓她明白，朱兒已經嫁給以前學校的助教，啊，對，已經升講師了。

她很幸福。我帶著穆棉去看過她和她的小孩。

她要我連絡上你時，告訴你，希望你也相同的幸福。

先這樣，白痴廠商來拿稿了。下回再說。

心怡

「啊，太太今天開簽名會唷？」來拿稿的小弟笑嘻嘻的。

他也笑了，不再暴跳如雷。「下次準時點。」

奔到會場，穆棉抱著可賽茵，果然有點緊張。還沒揮手，她就注意到了至勤，她鬆了口氣的表情那麼明顯，成熟細緻的優雅又重現在她溫柔的臉龐上。

燈光打下來，雪白。被通風孔吹得獵獵作響的海報，讓燈光有些動搖。

他在心裡接續著剛剛的信件。

致信，燈光晃動的樣子，和那天雨地的街燈多麼相似。你知道嗎？這一切，都在那個雨地裡開始。一隻死去的貓，一個絕望的少年，和她。

這些偶然，構成了奇蹟。

是的，每一場愛情，都是險之又險的奇蹟。

你要珍惜。而我，將用生命來珍惜。

我的她，我的貓。她也有相同的感覺，我知道。

因為……我是……

她的貓。

「他。」

「他。」

據說，我五歲的時候，曾經跟爸媽去日本玩。但我的記憶卻很稀薄。唯一記得的是，很多很多的紙拉門，榻榻米走過的輕微足音……

其他的都不記得了。唯一還殘留的，是恐怖的感覺。

聽爸媽說，我曾在古老的溫泉旅館走失了幾個小時，怎麼找也找不到，最後卻在房裡呼呼大睡。大概是這樁莫名其妙的走失事件惹怒了老闆，原本多禮的日本老闆幾乎是很不客氣的將我們趕出去。

看著當初拍的照片，我卻一點記憶也沒有……但居然還記得從桃園機場登機時的興奮，和俯瞰台灣的點點燈火那種安心。

中間那段完完全全忘記了。

為什麼呢？看著照片裡，美麗櫻花樹下笑得燦爛的兒時自己，我很納悶。

爸爸也提議過幾次要去日本玩，我卻大哭大鬧，怎麼也不肯去。明明我也很想再看能記住的櫻花……但總是覺得很可怕，怎麼樣都不想去。

一直到國小三四年級，那種可怕的感覺才淡忘，但還是不想去日本。

爸爸媽媽的工作也忙了起來，都升職了，家族旅遊頂多能在近郊轉轉，不再有閒情逸致往國外跑了。

爸媽會苦笑著說，以前有時間沒有錢，現在有錢沒有時間，有時候會露出抱歉的神情，覺得讓我寂寞了。

其實我覺得，像我們一家這樣平平安安的生活就很好了。雖然我也不太懂，但同班同學有人沒有爸爸，也有人沒有媽媽。奇怪的是，有人的爸爸或媽媽不是生他們的，生他們的爸爸或媽媽跟其他人另外結婚，或者獨身，只在假日去看看他們。

在那懞懞懂懂的童年，我就知道，「離婚」是一件很可怕的事情。爸爸媽媽吵架打架，也不是什麼罕見的事。

我的爸爸媽媽雖然很忙，都要八九點才回來，但都是帶著抱歉的笑容，而且彼此很親愛，我覺得這已經是很值得慶幸的事情了。

還記得我第一次知道「離婚」這件可怕的事情，哭著回去問爸媽時，他們臉上又驚慌又好笑的表情，一直安慰我絕對不會發生。

雖然沒有兄弟姊妹有點寂寞……但我不要當貪心的小孩。太貪心，說不定「離婚」這件事情就會發生在我們家……這是我聽一個朋友說的。

但我也沒有寂寞太久。國小四年級的時候，隔壁搬來一個叔叔，和一個跟我同年級的男生，後來成為我隔壁班的同學。

他叫做魏確幸。第一次看到，真的是被嚇了一大跳。雖然留了很長的瀏海，卻掩不住他布滿傷疤的半張臉，一直蜿蜒到下巴……雖然另半張臉很乾淨漂亮，但還是讓人害怕的。

其他的小孩不喜歡他，他總是一個人。但他第一次見到我時，露出半個淡淡的笑容，有點寂寞，卻很溫暖的笑。

讓人也會跟著笑，而且有似曾相識的感覺。

或許是因為就住在對門，也可能是就在隔壁班而已。我們上學放學常會同路，有些男生真的很討厭，會嘲笑他，對他丟石頭，有回實在看不下去，我罵了那些男生。

結果那些男生也朝我丟石頭，害我額角被砸破，血流不止。

很害怕，也哭個不停。但他驚慌無比的拿出手帕按著我的額角，表情比我更難過，而且不斷的說對不起，看似瘦弱的他，居然背我去附近的診所。

我爸媽事後大發雷霆，跑去學校拍桌子，那些男生都被處罰了。我有點小小的難過……因為我才砸破額頭，縫了幾針，我忙得要死的爸媽就請假在家，慌得不得了。但魏確幸有很多的傷痕，他的老爸卻從來沒有吭過半聲。

不過那些男生真的是嚇壞了。只要我跟確幸一起走，他們只敢口頭嘲笑，再也不敢動手了。

經過這次的事件，我們要好起來。他常來我家玩，一起寫作業。晚餐時也是等我鎖好門，一起去附近的麵店吃飯。

真的，對他幾乎沒有陌生的感覺。好像很久很久以前就認識，在一起生活很多年的樣子。我們甚至好到牽手去上學，一直到上國中才沒再這樣。

我好奇的摸過他燒傷的臉，他的表情忍耐而且有些落寞。

「就算這樣，小幸也很好看的。」我很誠懇的說。

「……再幾年就會慢慢好起來。」他微笑，「但是……總覺得等不了那麼久。」

「唔？」

「沒什麼……我最喜歡小薇。」雖然只有半邊的笑容，但卻是我最喜歡看的笑容。

*　*　*

我們漸漸長大，果然如他所說，燒傷居然慢慢的痊癒。本來很嚴重的，等我們都上國中時，就只剩下淡淡的痕跡，很像是刺青。

連燒掉的眉毛和睫毛都長出來，那時候我卻有點不太高興。

因為小幸就好像不是我一個人的了……開始有女生會注意他了，圍著他轉。我覺得不開心，甚至跟他莫名其妙的嘔氣。

有回我們又吵架以後，他突然發怒，「那我再把臉燒掉好了……這樣妳就放心了吧?!」

然後他衝到廚房，突然點燃了瓦斯爐，並且把臉印上去。雖然我搶過去關了火，但他的臉被燙了一下。

我嚇得大哭，拚命捶他。

「……妳忘記我，但我沒有忘記妳。」他擁著我，「我以為……傷痕褪去妳會高興的。」

我在做什麼呢？為什麼要逼小幸到這個地步？

忘記什麼的……是什麼意思？

那天晚上我做了一個惡夢，很可怕的惡夢。很多很多的紙門、很多很多的榻榻米。走也走不完的長廊，很多很多的階梯，往下。

欄杆後面，小幸低著頭，在哭。

我問他為什麼哭，他卻說著我聽不懂的話。他伸手給我，而我握住他的手……欄杆燒起來了。什麼都……燒起來了。

火……到處都是火。卻不是紅色的，而是像瓦斯爐噴出來那種……青色的火。

好燙……小幸撲過來抱住我，全身都著火了。我害怕得大哭，想要拍掉他身上的火……他卻死死的抱住不讓我動。

他的聲音很溫柔。應該很痛吧……但是很溫柔、溫柔而忍耐，像是唱歌一樣。

夢醒以後，我淚流不止，摀著臉。我想起來了。完全，想起來了。

遙遠的記憶，那家溫泉旅館的地窖，關著小小的孩子。那是朦朧如月光般的孩子。臉上的淚珠，如花瓣上的晨露。

後來我裝著不經意，問爸媽能不能去兒時去過的溫泉旅館，但他們打聽後告訴我，那家溫泉旅館倒閉很久了。

「真奇怪，」媽媽很疑惑，「那是上百年的老旅館了，雖然貴，生意卻很好呢。當初可是預約好久……怎麼會倒的呢？聽說是突然倒閉的。」

是嗎？也該是這樣吧。

之後我再也沒有跟小幸鬧過脾氣。就算他有什麼奇怪的地方，我也裝作沒看到。比方說，接近無師自通的學會日文，會說流利的日語之類的。

有時候發現他慌張的掩飾那些小小的不自然，還會覺得很可愛。

假日出去玩的時候，我會抱著他的胳臂，他白皙的臉龐總是會突然紅起來，好像沁了彩霞。但他總是微微垂下眼簾，把手插在口袋裡，微微噙著笑。

沒想到我在那麼小的時候，就走私了……喜歡的「他」闖關。沒有護照，也沒有檢疫呢。不知道會不會造成某種生態浩劫？

管他的，反正我會一直在他身邊。

現在我期待，非常期待哪天他願意告訴我實情。到時候我的鎮靜一定會讓他嚇一大跳吧？

不要小看台灣的女孩子唷。

「我不要去日本定居。」有天我這樣告訴他，「日文很難學，我比較喜歡台灣。」

「為、為什麼突然這麼說？」他勉強掩飾著慌張，「誰、誰說去日本定居了？」

「偶爾去玩可以，等我們都長大，生上一兩個孩子再說吧。」

「孩、孩子？」他的臉紅得好快，「跟、跟我嗎……？」

「不然，你要看我跟別人生孩子嗎？」我昂首看著比我高一個頭的他。

「不行！」他罕有的露出怒容，臉紅得更厲害，「我不准！」

「嘖，不然你在等什麼？等我告白嗎？」我調侃他。

「……請以結婚為前提和我交往。」他低頭，連耳朵都紅了。

才要上國二，就談到結婚……正正經經的傢伙，嘖。

但我想，就算他一直不坦白，永遠不告訴我真相，將來長大，我還是會嫁給他……

不管他是什麼。

因為他是我的，小小而確定的幸福。就是這樣而已。

OVA1 六八〇圓的黑毛和牛

「我記得的就是六八〇丹的黑毛和牛。」我舉起食指，「最少同學的MP3顯示是這麼寫的嘛。」

「……會有這麼怪的歌名嗎？」小幸啞口了片刻，接過了我的提袋。「而且我想不是丹，應該是日元吧……」

「看起來像啊。」我跟他並肩走著，「等等要繞一下路去超市喔。」

「好好。」他苦笑，「為什麼要堅持做飯啊？出去吃很方便……不然我做也可以。」

「現在開始練習囉。」我伸了伸舌頭，「廚藝也是需要訓練的啊……不然就開始訓練你的舌頭，不管煮什麼你都能吃得下去，習慣就好。」

「……從簡單的開始學吧。不要看著食譜，那真派不上什麼用場……我教妳。」小幸輕輕嘆了口氣。

「超市會有黑毛和牛嗎？那是什麼意思？好吃嗎？」

「應該沒有吧……」

「那首歌真的很好聽。」我有點愴然，但是同學的MP3先借別人了，不然真想借來拷貝一下，「真想讓你也聽聽看。奇怪的歌名，到底在說什麼呢？……」

他微微的笑了起來，輕輕摸了摸我的頭。「先教妳青椒炒牛肉吧。希望今天超市的牛肉不錯。」

那天晚上，他教我煮了青椒炒牛肉和味噌湯。吃起來還不錯……味噌湯和在外面吃的不太一樣，而且他還是習慣先喝湯才吃飯。

不坦白的傢伙。

以前怎麼沒發現他漏洞很多呢？

第二天，他把MP3遞給我，「找到了。」還有一張紙，「歌詞和翻譯，喏。」

日文當然看不懂啦，但中文翻譯實在是……歌名叫做「上等黑毛日本牛鹽烤牛舌六八〇元」？超奇怪的名字。

「最喜歡了，若是能和你合而為一。

沒有比這更幸福的了。

一切只為見你而等待，

在網上被輕柔的哄睡。

就算被你照耀到，我也只是改變了點顏色。

為你我用最閃爍的光粉打扮，時髦吧？

最喜歡了，更加、更加地愛我吧。

最喜歡了，要是能和你合而為一，

沒有比這更幸福的了……

這樣的味道你喜歡嗎？」

「是這首嗎？」小幸看著我。

「嗯……」我遲疑了一下，「本來想跟你一起聽……」

「晚上回家一起聽呀。」

我低頭看了看翻譯，「……有點色。」

「什、什麼嘛！」他狼狽的臉紅了，「歌詞就是那樣，我還特別……總之，沒有亂添什麼色不色……胡說！」

「喔……」我低頭又看了一次歌詞，「哪，這歌名跟歌詞有什麼關係？」

「呃，我也不清楚。」他臉紅的更厲害。

「你一定知道。到底有什麼關係？」我皺眉。

但他死都不肯說。想了一會兒，呃，說不定，原本歌詞的翻譯後更糟糕……吧？算了，反正聽不懂，無所謂。

那天晚上，我學會煎荷包蛋了……雖然有點破掉。小白菜也炒得有點太硬。但是聽著很甜很甜的怪歌，也覺得好吃起來。

飯後我們還閉著眼睛，托腮一起聽了十幾分鐘。嘻嘻，還挺蠢的。

但我就是很想這樣，和他牽著手一起聽歌名很怪卻很甜的歌。

他真的好容易臉紅啊……但臉紅的時候總是一臉幸福。

最喜歡了。

「寫功課吧。」鬆開他的手。陪我蠢這麼久也夠了。

「……再一會兒吧。」他把我的手握緊。

這種感覺，真的很美味。

OVA2 先生

「六八〇那首歌曾經當過怪醫黑傑克的片尾曲喔。」小幸笑著跟我說。

「怪醫黑傑克啊……沒追到那部卡通呢。」我有點沮喪的滾著筆，「悲慘的國三生，唉。我考得到公立高中嗎？」

「我們的成績大概就是板中吧。」他倒是一臉的不在意。

「……你的成績不只板中吧。」我皺眉。

「一定會是。」他笑起來，「想看嗎？我去把硬碟拿過來。」

他的爸爸也很晚回家，對他也很冷淡……或者說害怕。但卻不敢把他怎麼樣。偶爾撞見他和他老爸講話，是用一種居高臨下的冰冷。他老爸卻只是避開，眼神不敢跟他交會。

不過他老爸的事業越做越大了。剛搬來的時候還只是個頹唐失業的中年人，現在卻擁有一整個什麼早餐聯盟的企業，規模越來越離譜。

以前怎麼都沒注意到他漏洞這麼多呢？果然那時還是小孩子啊……

他把行動硬碟拿過來，嫻熟的弄好，「反正週末，功課明天再來做好了……不會的我教妳。」

除了作文，他真的每科都滿厲害的……除了寫字偶爾會缺胳臂少腿，國文成績偶爾會陰溝裡翻船。作文也是這種毛病……老亂用倒裝句，文法很有問題。

幸好說話不會這樣……不然馬腳就露更多了。

擠在電腦前面看動畫，一看到開場，我啊了一聲。「原來是這個……怪醫秦博士。」

「……嗯？」

「我媽媽有一套，很寶貝呢。我爸爸還有一張在臉上畫線跟媽媽求婚的照片。」我笑了，「我剛上小學就看了，一直都很喜歡。」

「跟原作不太一樣。」他含蓄的說。

的確，不太相同。很多結局都修改了。而且突然叫黑傑克，感覺有點詭異。

「太好了。」我對著小幸笑，「真的。醫生也能露出這麼溫柔的神情……我喜歡這樣改。」

「以前啊，總是覺得醫生很可憐。總是過得很辛苦……好像是無可奈何才跟佩佩一起生活……其實，醫生也很喜歡佩佩才對，像動畫這樣，對吧？」

「先生一直都很喜歡皮洛可呀，只是他不擅長表達而已。原作就一直是這樣啊。」小幸溫柔的笑笑。

他說日文了。說日文的「先生」。

我強忍住沒笑，瞥見他很長的瀏海依舊遮著還殘留一點點疤痕的臉龐。

啊，原來如此。

我很喜歡醫生，非常喜歡。所以小時候挺羨慕佩佩的。因為她可以大方的說自己是先生的太太。

小時候，真是重要的時期啊。原來我還沒跟小幸重逢時，就已經是片目控加傷痕控了。所以重逢的時候，我一點都不覺得小幸的臉有什麼問題……甚至更喜歡他。

我跟媽媽……真的好像。難怪媽媽對小幸那麼親切，爸爸求婚的時候還要在臉上用麥克筆畫縫線。

真高興。真的……好高興。喜歡的人這麼符合……太棒了。

「佩佩才是一直都很喜歡醫生，喜歡得不得了。」我不太好意思的對著食指，把臉別開，用不太標準的日文，學著佩佩說，「最喜歡先生了。」

他瞪視了我一會兒，把頭低下來，也用日文回答，「皮洛可，先生也最喜歡妳。」

這種羞羞的感覺是怎麼回事呀……明明在看**Black Jack**不是嗎？

雖然小幸被我半強迫的先告白了，但喜歡什麼的，還真沒說過。頂多頂多，像現在，小心翼翼的握著我的手。

其實這樣也就夠了。

OVA3 虛幻的孩子

「確幸被他吃了！一定是的！為什麼你們看不出來？他只是披著人皮的怪物！我的孩子在哪裡?!……」

房門外歇斯底里的叫聲，夾雜著爸媽無奈的勸慰。據說……那個女人是「確幸」的媽媽。

今天本來是愉快的一天。爸媽好不容易擠出假日，帶我和小幸去北投玩，還去泡了很傳統的大眾池，超有趣的。誰知道才回來，就被那位女士衝上來抓著小幸，剛開始，還是激動卻不失溫柔的美婦，過了一會兒，看著小幸，卻驚慌失措的質問起來。

爸媽怕她傷了我和小幸，要我帶著小幸回房，盡力的安撫她，同時打電話給小幸的爸爸……據說已經在路上了。

從頭到尾，小幸都很沉默，專注而緊張的聽著房外的動靜。最後他垂下眼簾，淡淡的說，「我讓她安靜點好了……」

不知道為什麼，我緊緊抓著他的袖子，而他瞥下來的那一眼，也讓我有點害怕。

那是完全沒有情感的眼神。

知道不是針對我，但還是很令人害怕。

「……不管是什麼緣故，她總是……小幸的媽媽。父母就是父母，不管怎樣不得已，或有什麼過錯……做子女的還是、還是……不能傷害他們。」我期期艾艾的說。

他的眼神慢慢的冷靜下來，「我不記得她長什麼樣子。」撫摸著臉上殘餘的傷痕，「其實也不太記得以前的事情，都是聽說的……我國小三年級的時候發生了一場車禍，同車的阿姨當場死亡，我爸只受了輕傷，但我……因為待在起火燃燒的車子裡，全身燒傷，應該是會死的……其實也一度停止呼吸。

後來也是偷聽奶奶和姑姑說的。那個阿姨……是我爸爸外遇的對象，帶上我只是他們的約會掩護罷了。那時醫院發出病危通知書，知曉真相的母親受不了雙重打擊，和父親火速離婚，頭也不回的走了。」

他微微皺眉，「現在又回來找……她拋棄的孩子做什麼？想找的那孩子……」他聲音漸漸悄然，「早已經不在了。」

小學三年級？那也是我恐懼感減輕的時候。很想問，但又不敢問。我害怕，是啊，我害怕。許多民間故事不都是這樣嗎？若是拆穿了精靈或妖怪的原本面目，他們就會離開，再也不會回來。

我猜，那個人類的小幸應該是那時候就死了，而被我走私回來的「他」，成了小幸。

但那也不怎麼重要。

「……只是很久不見了，好多年了。所以，才沒把你認出來吧？」我勉強笑笑，「她一定還是很牽掛小幸，才會又……」

「說得也是，也是呢。」他淡淡的沁著一個笑，「說起來也真的很像怪物……不可能生還的燒傷，居然自己痊癒了。任何人都會覺得……不可能吧？」

他在我耳邊低語，「怎麼辦？如果我是妖怪？小薇……怎麼辦呢？」

我扁眼了。「笨蛋。小幸是笨蛋。」真的有點上火了，「都二十一世紀了，還講究什麼種族。小幸就是小幸，妖不妖怪都是小幸。」

他愣了一會兒，又從那種疏離沒有情感的狀態，恢復成我那容易臉紅的青梅竹馬。

「小薇，其實，」他欲言又止，「我、我脾氣……並不好。」

「我早就知道了。」嘖，不主動坦白，急死人。「你們班的男生都很怕你。」

「敬畏而已啦。」

我做了個鬼臉，「別想我會敬畏你。」

後來我們沒再談下去，因為小幸的爸爸來了。他爸爸很冷漠又很冷淡，跟小幸媽媽說，「他就是確幸。妳不是想帶他走嗎？帶他走吧。」

「不！」小幸媽媽很激動，「這不是我的孩子！……」

「我們回家說吧。」小幸笑笑，「伯父伯母，不好意思，很……打擾你們。」

「說這什麼話呀？在這裡說也可以的……」媽媽很擔心，爸爸也附和。

但小幸出聲，他的爸媽像是被按了某個開關，都沉默下來，起身道別了。我很擔心的拉住小幸的袖子，不知道該怎麼表達我的擔憂。

「……我，不會做讓妳討厭我的事情。」他輕輕按著我的手，「放心吧。」

後來，小幸跟我坦白之後，我問了那晚發生了什麼。

小幸有點悲哀的笑了笑，「那個孩子……其實一直都是個虛幻的孩子。爸爸媽媽都在失去後才意識到他的存在。他還活著的時候，冷漠的父親，神經質的母親，都專注在情感糾葛上，沒有注意到他。

在他瀕死的時候，才得到父親的愛。他能呼喚我、哀求我，就是因為他還希望能得到母親的愛……勉強的存活在世間。剛好我也需要一個肉體……不然一直棲息在妳的意識中，對妳負擔太重了。

這是一筆很昂貴的交易。但他毅然決然的同意了……同意將寶貴的軀體和之後的人生送給我，只要能得到爸媽全部的愛。

他的母親終究還是聽聞了確幸存活並且痊癒的消息，終於來找他了。他得到了父母所有的愛……那一晚，他終於出現了一下子。他的心願終於達成……報復也完成了。

原本，我們可以同時存活。畢竟我的傷養到可以離體了。但愛有多深，恨就有多深……他得到父母所有的愛的同時，也殘酷異常的在他們面前粉碎消失。

這就是，虛幻的孩子，最後的執念和報復。」

我不知道該說什麼，甚至無法想像。光光想到爸媽若也是這樣的……我就覺得不能呼吸。

沉默了很久，我才想到，「若你和那個孩子都存活下來，沒想過我該怎麼辦嗎？」

「養了這麼多年的傷，我也不是一點恢復也沒有的呀。」他閉了一隻眼睛，豎起食指，「到時候我和那孩子會成為雙胞胎。修改周遭的人些微記憶，對我來說還不是太難的事情。」他笑了一下，「而且我相信，小薇絕對不會把我跟他弄混。」

「是嗎？」我哼了一聲。

他笑而不答。

OVA4　後來

正在開門鎖，卻覺得身後有人。嚇了一跳的我回頭，卻看到小幸的爸爸。

神經過敏啥呀……我笑自己。「魏叔叔，小幸去幫我買忘記買的牛奶，一下下就回來了……」

「是喔。」他點頭笑笑。

回頭開門……卻被猛然的扼住脖子，在尖叫之前，一股濃重刺鼻的味道襲來，掙扎沒多久，意識就漸漸模糊了……

不知道過了多久，我聽到小幸的聲音，卻睜不開眼睛。

「……根本不關小薇的事情，為什麼要把她捲進來？」小幸的聲音淡淡的，卻異常冰冷。

「因為沒有其他辦法了……」魏叔叔的聲音有些變調和不穩，「除了這個辦法以外，沒有辦法除掉你，怪物！想救她嗎？想嗎？想救她就自殺吧！」

「……原來如此。」小幸嘆了口氣，「我還在想，一個國中生，為什麼會引來殺機……那兩個傢伙原來是受雇於你啊……爸爸。」

「不要叫我爸爸！」魏叔叔的聲音更激動，「我的孩子早就死了！你這怪物！我根本不想住在這破公寓……是你操控我！操控我的人生，操控我的一切！是你吧？會出車禍也是因為你吧？你殺了我最愛的人，還殺死我的兒子！」

「你去死吧！」

小幸沉默了好一會兒，又嘆了口氣，「其實，你只要叫我走就可以了，根本不用那麼麻煩。我會乖乖離開，你不用把小薇也捲進來。」

「去死！」

巨響之後是一片寂靜，還有一點點奇怪的、痛苦的呻吟。我用力睜開眼睛，模模糊糊的看到小幸的頭髮都飛了起來，單手將他爸爸掐住脖子按在牆上。魏叔叔拚命掙扎，卻動彈不得。

「冷靜一點了嗎？爸爸？」小幸睥睨冷淡的看著他，「我沒有帶來災禍的能力喔。車是你開的，方向盤是你掌握的。最愛的人和孩子，是你載的。車禍……是你造成的。不是別的人喔……」

他鬆手，讓魏叔叔跌到地板上大咳。冰冷的眼神帶著一點點悲哀，「本來是該懲罰你的。但這不是我的土地，我也不想讓小薇討厭我。所以，暫且算了吧。」他橫目，「你的願望會達成的……我會離開，你的人生會屬於你。」

我微微抬眼，看到他無奈又有點悲傷的臉孔，伸手給他。

後來就不太記得了，應該是他把我背回家了。醒來時，額頭搭著冷毛巾，躺在自己的床上，他眼神寂寞的看著我。

「……都聽到了嗎？」他輕輕的問。

「我比較希望你坦白，而不是這種情形下知道的。」我頭痛欲裂，真是無妄之災。

他睜大眼睛，一臉無辜的手足無措。

嘖，剛剛的神明樣去哪了？

按著一陣陣脹痛的額角，「我早就想起來啦。」

「什、什麼？」他大驚，額頭還沁出冷汗。

喂喂。面對魏叔叔的時候，不是發出無人可匹敵的威嚴嗎？現在這麼驚慌……

反差太大了。

「剛上國中的時候我們不是吵了一次架嗎？你還氣到想把臉燒傷。」我把冷毛巾拿下來，「那時候我就想起來了。」

他低頭沉默好久，臉孔帶著褪不掉的紅。我戳了戳他，他很不高興的把臉別開。

「妳、妳一定覺得我像傻瓜吧？」

「本來就是傻瓜，幹嘛還要像？」我頂回去，「……這麼多年，一直很想問……你是座敷童子嗎？」

「……不是。」他扁眼，「神格稍微高一點。我們這族，常被人跟座敷童子搞混……不過我們算是八百萬神中降福庇佑村落的那一種。」

「山主嗎？還是像神隱少女那個『賑早見琥珀主』？」我興奮起來。

「……也不是。或許以前曾經被稱呼為『山主』或『水主』，但那已經是太遙遠以前的事情了。」他有些惆悵的說，「我們喜歡居住在山上，每年春天到村落，選擇一戶人家居住，秋天回山保護沉眠的萬物。」

「本來應該是這樣。」

沉默了一會兒，「但我在深秋時，在山上被抓住了，關在神符構成的地牢裡。這是不對的……我不該只為某戶降福。因為這樣，只會讓不幸轉嫁到別人身上。但人類抓住我，卻不聽我的哀求。」

他露出為難的神情，「其他的我不想說，可以嗎？」

什麼嘛，我又沒有嚴刑逼供！

「……我以為，我會因為悲痛和寂寞變成惡靈，或者枯竭腐朽在地牢裡。但我還真沒想到，會有人類對我伸出援手。」他淡淡的笑起來，「還是個，異國的小孩子。大概是異國的關係，居然能夠伸手進地牢，破壞了神符。

本來覺得人類很討厭、很可惡，自私自利。我求救了好久……很多人明明看見過我，卻只會尖叫著跑掉。但一個……根本聽不懂我說什麼的小孩子，把手遞給我，願意救我。我……真的很高興。」

我覺得挺害羞的，連頭痛都忘了。搔了搔臉頰，「那個，什麼救不救的……其實是你救我吧？不然我大概被燒死了……」

「我也沒想到他們做得那麼絕，破壞結界會引燃神符。只是一點點代價，為了自由……應該的吧？」他扶著我的臉笑，「那時妳還想拍掉我身上的火……我就想，真可愛，沒關係了。還是有……很溫柔的人類。」

我把手按在他的手上，對他笑了笑。「知道真相了，你……不會消失吧？」

「咦？我們不是以結婚為前提在交往嗎？妳覺得我會是那種毀約棄誓的傢伙嗎？」

……真、真敢說，這傢伙。

但我沒想到，他不但敢說，還很敢做。

那天他笑笑的回去，等我爸媽回家的時候，很「剛好」的被家暴，他老爸把他和行李一起扔出來，他站在門口啜泣，孤零零的拎著行李。

我爸媽心腸那麼軟的人，當然不會坐視不管，把他帶進來，住在我隔壁的房間。交涉了幾次，爸媽動真怒了，回來不敢說，只是嘟囔著「怎麼會有這種父母」之類的，問小幸願不願意當我們家的孩子。

最後小幸沒有成為我們家的養子，但我爸媽成了他的監護人，他也在我家住下來了。

「……沒想到你演技這麼好。」我真是甘拜下風。

「為了小薇，演技還可以更好。」他俏皮的閉了隻眼睛。

從小一起長大，我還不知道會突然臉紅心跳，疑似心臟病發作。

「呵呵，小薇臉紅滿好看的。」沒了祕密，這傢伙居然敢反過來逗我！

後來我爸媽又升職了，我們家……算得上有錢吧？但我爸媽除了必要的開銷和行頭，多買了一些動漫畫，車子和房子都沒想要換，只是哀怨時間更少，沒辦法出國旅遊。

至於小幸的爸爸……我們倒是再也沒見到他了。不過他經營的早餐店聯盟，不知道為什麼倒閉了。

後來我稍微打聽了一下，聽說是總公司的董事長把所有的錢都捲走，跟秘書一起逃到國外去了，害很多人失業。但也有很多人繼續經營早餐店，只是變成自營，並且換了招牌。

偶爾經過那些早餐店的時候，我才會想起那個拿我威脅小幸的魏叔叔。

逃到國外……是嗎？希望異國的神明能夠保佑到他吧。

童話

午夜月之海

星子偷偷地離開家，飄飄的橫過夜空，月鉤薄鐮刀般懸著，像是秋天的笑容。展開斑爛的翅膀，發著奇特的螢光，星子悄悄的落在絲絨般的海面上。

看見他，正垂著美麗的長髮，也降臨在海面上。

看見他多次了。星子在有月亮的晚上，就可以看到他，穿著月白的衣裳，在夜的海面上漫步著。

星子飛近他，跟他說，「晚安。」

他露出溫和的笑容，說，「晚安。」

「我是星子。」她指著自己，露出天真的笑容。

「我是月之海。」他也對著星子微笑。

他們一起漂浮在海面上，聽著微微響著的波濤。

「今天蛇皇不在嗎？」月之海輕輕的撫著星子的頭髮，星子像貓一樣瞇起眼。

「你認識我媽媽？」她斂了斂翅膀，「我是妖怪的小孩。你害怕嗎？」

月之海搖了搖頭，笑笑，「我不怕呀。」

「是啊。我的媽媽其實不可怕。」

月之海揉揉她的頭髮，「等等一起參加宴會吧。」

「宴會？」星子的眼睛亮了起來。

是啊，宴會。「這是我的工作呀。將月光撒在海面上，讓所有生物來海面唱歌跳舞。」

「我要參加！我要參加～」星子高興的在海面上低低的翱翔了一圈。

月之海笑著，將月光撒在海面上。整個海面一片銀光，像是柔厚的銀藍色地毯。

所有生物的孩子都來了……精靈的孩子……妖精的孩子……人類的孩子……動物的孩子……飛鳥的孩子……所有的孩子……

一起在銀藍色的海面上跳舞，歌唱。月之海在月鉤上微微的笑著，看著歡喜歌唱跳舞的孩子們。

尤其是星子。小小的個子卻發出這麼洪亮的聲音，震盪的傳達到每個人的夢中。那樣溫柔清亮，直直的傳到你的心裡面。

帶著所有的孩子飛躍天際，這純真的隊伍有著快樂的囂鬧。跟著星子囂鬧的手搖鼓。

一起唱歌吧。一起跳舞吧。一起來，一起來。你也曾是個孩子啊～

月之海只是微笑著。他知道，當月亮不出來的夜晚，同樣有著囂鬧的隊伍，會這樣的橫過天際。那是妖魔的隊伍。帶著血腥，帶著恐怖，用惡夢和夢魘給生物苦痛和恐懼。

帶頭的貓妖蛇皇。美麗的、雪白的軀體，裸露著女性的乳房，下半身是蛇的身軀，尖利的爪子可以撕毀一切生靈。發出尖銳的笑聲，豔紅的嘴脣沾著鮮血。

星子純真的笑著，停在他的肩膀上，「月之海，我們一起唱歌，好不好？」

星子，妳不會變成貓妖蛇皇的樣子，我知道。就像我能看到妳的本質一樣。

妳就是貓妖蛇皇。妳就是蛇皇曾有過的童年，血腥的蛇皇不願遺忘的童年。所以她生下妳，所以妳沒有父親。

在這銀白的月之海，希望你們都能在夢境裡休息。不管你們是國王還是乞丐，是天神還是妖魔，在夢境裡，你們也都只是孩子而已。

包括恐怖的貓妖蛇皇。

月之海取出豎琴，和著星子的歌聲，唱著月亮的歌。

給你們聽。給你們心裡面躲著的孩子聽。靜靜的聽。

童話

精靈的蝴蝶樹

迎著涼爽的秋風，淫羊霍在哭泣。哭得整株花啊葉啊都在顫抖。

好奇的精靈飛來，問，「為什麼哭呢？在這美麗的季節裡？天空的雲彩像棉花一起朝西飛，而星星準備要出來的這個時刻？」

搖一搖她滿頭翩翩的花朵，淫羊霍哭著說：「再美麗的季節也沒有用。人人都叫我淫羊霍。大家都笑我。我沒做錯任何事，卻有這樣骯髒的名字。沒人看我的花，沒有人喜歡我。」

「胡說，」精靈笑著，拍著蜻蜓般的翅膀，「我不曉得妳叫淫羊霍，每天會從這邊過，就是為了看一看妳美麗的花朵。就像一樹豔麗的各色蝴蝶在飛舞，即使妳叫草兒吧，我還是覺得妳是美麗的蝴蝶樹。」

精靈親吻著淫羊霍的花，她羞怯的花兒紅霞一抹。繞著滿樹迎風飛舞的花朵，彈著曼陀羅，跟著初升的月亮打拍子，精靈在唱歌。

唱給那美麗的蝴蝶樹聽。

喧譁歌唱。

秋天過去了，冬霜已降臨。每天淫羊藿努力的開著花，挺直著背，整樹無聲的

「那棵淫羊藿怎還開花呢？」路人納罕著。

因為我也是蝴蝶樹，不單單是淫羊藿。

酷寒帶來死亡的訊息，終於精靈在某個寒流後，看見垂死的淫羊藿。

「呀？這是為什麼？」精靈驚慌的伏在淫羊藿的身上。

「因為她將所有的養分都開花用盡啦。」其他的淫羊藿嘆息著說。

精靈落下淚來，「就算妳不開花，仍是我心目中的蝴蝶樹。妳綠色的葉子仍會喧譁的像綠色的蝴蝶一樣。若是妳落盡了美麗的葉子，我還是會在光禿禿的枝枒上，想像妳曾有的各色蝶舞。」

「所以，不管怎樣，我都是蝴蝶樹。」淫羊藿微微一笑。枯死。

只留下伏在枯黃樹身哭泣的精靈。

死亡的寒冬過去，春天又來臨。但是沒有我的蝴蝶樹。

飛到枯朽的樹身，精靈眼中蓄積著淚。

迎著仍蕭颯的春風，大約一指長的嫩芽，連葉子都睜不開。睡著的小葉子，伏著幼嫩，像是合著翅膀的綠色蝴蝶。

妳回來啦？蝴蝶樹？

整個春天、整個夏天、整個秋和冬，日與夜，我們都要一起歌唱跳舞。精靈拿起曼陀羅，迎著滿天的星空歌唱，星光吻著他們。

我為妳歌唱，好嗎？我為妳澆水，好嗎？我陪伴妳，好嗎？好嗎？蝴蝶樹。

童話

綠孩子．海的女兒

茄冬被連根拔起，鐵船將她載到遙遠的國度去。她默默的承受這種命運，只有她的綠孩子，知道她沉默的悲泣。

綠孩子有著滿頭心型葉子的頭髮，飄搖的夜風梳理過，輕輕的喧譁起來，像是一群思鄉的，騷動的心。

「葉子是你的頭髮嗎？我可不可以摸一下？」銀白的，讓月光染滿的海面，水嫩的聲音央求著，「我不會弄痛你。」

綠孩子驚訝的走近船舷，看見下半身有著銀鱗的人魚，微笑的看著他。

「我是海的女兒。我可以摸摸你的頭髮嗎？」小小的人魚光滑著月光般的手臂，問他。

「綠孩子。我是茄冬的孩子。」他探下頭，讓好奇的海的女兒摸摸那滿是葉子構成的頭髮。帶著海的氣味的手臂。

「你會走路！真奇怪，樹的孩子會走路ㄟ。」海的女兒笑了。

「妳會游泳！真奇怪，海的女兒會游泳ㄟ。」綠孩子也笑了。

「其實都不奇怪。」他們一起下了結論。

沿著旅程，他們互相探問對方的世界。綠孩子告訴海的女兒，在南國的家鄉，鴿子怎樣飛過向晚的昏黃，湍急清澈的小溪，怎樣打著呼嘯。翠鳥高唱，巴掌大的蝴蝶夜蛾，在不同的時段來拜訪。

空氣輕甜的讓人為之一窒。邊說著，綠孩子在甲板上模仿鳥的飛翔，靈透像是真的會飛一樣。

海的女兒告訴綠孩子，在深幽的海底，魟魚怎樣翩翩的翱翔過奇形的珊瑚礁，五彩繽紛的蝶魚們，怎樣穿梭在鮮豔海葵叢中，海面有著怎樣的浮冰，乾淨透明的在陽光下，發出彩虹的光芒。

月夜海上，美得令人落淚。邊說著，海的女兒在海面上縱躍著魚鱗，就像星屑打造的銀魚一般。

直到要入港的那天。

「我不能再過去了。人類會抓住我，將我放在水槽裡展示。這種命運是可怕的。」海的女兒神情哀傷。

「我不會忘記妳的。」綠孩子說。

「我也不會忘記你。」海的女兒游了很遠了，還不停的回身招手。

等待上岸的夜裡寂靜。茄冬的哀傷減退，但是綠孩子的心裡卻有著沒有過的感受。

這麼廣大，這麼美麗的星空，居然沒有海的女兒一起仰首。

「綠孩子～」悄悄的聲音喊著，綠孩子驚喜的衝過去。

緊緊相擁著。和海的女兒。

「我今晚是一定該來的。」

「妳來，我很歡喜。」

一起仰首讓人暈眩的星空。

「幸好，我們會看同一片星空。」

「對啊，我們會一起看到星空。」

互相交換了一個吻，交換青澀的翠綠芬芳，交換月夜的海洋氣息。

茄冬移植到小丘陵上。可以看到很遠很遠一小塊的海洋。

像是翡翠在陽光下發著光。

我們，看著同樣的太陽。我們，看著同樣的星光。

木桶豆花

一碗好的木桶豆花，真是越來越難吃到了。

躺在床上，她迷迷糊糊的張開眼，身邊躺著跟她一樣氣息灼熱的夫君。

時氣不好，他們夫妻通通傷風病倒了，好容易燒略退了些，隔窗聽到一聲聲滄茫的「豆花！豆花～」

那是木桶豆花的香氣。

溫潤柔噎的，可以順著火燙的喉嚨滑下，一點點不舒服也不會有的好味道。芳香的紅薑水，像是可以把這股又冷又熱的體溫鎮住，再也做不了怪似的。

她咽了咽口水，病這麼久，她第一次想吃點什麼。但是她的四肢一點力氣也找不出來，無力的聽著攤子的叫喊越走越遠……

「想吃……想吃豆花……」夫君輾轉的低喃，似乎還苦於高熱中。

勉強挽了挽頭髮，她抓起床頭的布巾，輕輕的拭乾夫君額頭的細汗，又使盡最後點力氣擰了把清涼，覆在夫君的額上。

掙扎起身，只覺眼前金星亂冒。但她還是咬緊牙根，從碗櫥裡拿出一個提壺，追著豆花的攤子去了。

因為夫君要吃豆花。

可能是發燒的關係，周遭的水銀燈和月光，撒得道路一片白茫茫。她像是在月光下的荒野上走著，吃力的追著越來越遠的豆花叫賣聲。

好不容易爬上一個坡，她讓一個狼頭長手人身的怪物截住了。

「女人！妳居然兩手空空想從我的地盤過去?!妳若有點食物，我還可以饒妳一命，居然帶個空提壺經過山坡！看我不把妳吃個乾乾淨淨！」怪物揮舞著手上的木棒，惡狠狠的說。

聽著叫賣，是越來越遠了呢……

「怪物大爺！」她急得不得了，使勁往他身上一推，人高馬壯的狼怪居然讓她推得往後跌。攏了攏身上的披風，「爺，我病著呢，可難吃的緊。我家那口子也病著，就盼著吃碗豆花。吃了我又有什麼好處呢？還不如等我病好了，你再吃我，不成？」

鼻青臉腫的狼怪虛張聲勢的爬起來，「……到時候我哪裡尋妳去?!就算要路過，也把小指頭留下來！」

狼怪一把搶走了她的左手小指，就飛逃而去了。

好痛喔……但是她卻只把衣服攏緊些，繼續追著叫賣聲去了。

因為夫君要吃豆花。

跑了很久很久，叫賣聲一直忽遠忽近。原本她很難受的，卻越往前跑，身體越輕，越舒服。

「女人！妳居然兩手空空想從我的地盤過去?!妳若有點食物……」眼見就要追到，一個手短腿長的狽頭人身怪物攔住了她。

怎麼又來了？她焦急的左看右看了一會兒，看見豆花攤子原本停了停，結果居然又往前走了，不禁大急，「我夫君的豆花！等一等～」

「喂，妳這女人好沒禮貌……」狽怪生氣了，「妳好歹也聽我把話說完……」

還不就是要吃？她賭氣的將左手無名指拔下來，忿忿的摔在狽怪身上，卻把他打翻了五六個空心筋斗。

「等等我～豆花，等等我～」她高舉著提壺，深深的月色，成了沉沉沒有生氣的雪。

最後她在及膝的雪中跌跤了。

等她掙扎著爬起來，發現每個人都在看著她。每個人都穿得非常雅緻、極盡奢華，有的還穿著全套燦眼的官服，像是要晉見皇帝，那樣隆重的來吃碗豆花。

但是她卻披頭散髮，只披件披肩，長裙上面都是泥巴，左手還不斷的流著血。很……狼狽。

每一雙眼睛，都在看她。一點聲音也沒有。

「我只是……」她畏羞的小聲，「我只是想為我生病的夫君買碗豆花。」

* * *

真是……這種女人就是死心眼的笨。

她的夫君絕望的朝著床上的男人吹口氣，那男人復原成一件黑大衣。

順手抓住做惡的病氣，原本斯文的臉上有著不協調的猙獰，「聽說你戲弄我家笨女人？」

病氣不斷扭曲尖叫，「我不是故意的，我只是一時好玩……」

淒厲的尾音消失在男人的脣角，他將病氣咽了下去，「我家笨女人，是只有我可以戲弄的。」

推開月下的窗，他開始無聲而飛擊的跟蹤。

「男人！你居然兩手空空想從我的地盤過去?!……」狼怪大呼小叫，話聲卻硬生生的截斷，他睜著雙眼，不敢相信的看著這個凡人拉出他肚腸裡的女人小指。

「我現在不是兩手空空。」他小心的用手帕包起來，「嘖，髒死了。我家茶笆也不是給你們這些怪物吃的。」一腳把狼怪踢得遠遠的。

他繼續飛，風中有妻子稀微的味道。

但是找到那個正在舔女人無名指的狽怪時，他卻按捺不住把狽怪打入地下三尺。

「要吃去吃自己的老婆！」他吼，「別碰我老婆！」

真不明白……真的完全不明白……

為什麼他會娶個這麼笨的女人。

當他飛奔到豆花攤時，他家的笨女人，讓牛頭馬面抓著，手上還流著血。

「大王，這是我家的笨茶笆。」男人滿臉堆笑，「又蠢又笨的，啥都不會。留著不過是礙著您的眼……就賜給小人吧？」

幽深的陰影中，有個王服打扮的冷笑一聲，「她撲過來就只會說，『她家夫君要吃豆花』。」

男人揩揩汗，「我家茶笆硬得跟石頭一樣。我哄她我也病了，留件衣服給她，要不然，我連出門幹活都不能了。哪知道病魔做惡，故意哄她這死心眼的笨女人，她就掙起命來了！您瞧瞧，瞧瞧！這女人是能吃的樣子嗎？還是還給小的，回去挑水煮飯洗衣吧……」

王服打扮的靜默了一會兒，「……天底下沒她『夫君豆花』更重要的事兒了。」他輕笑一聲，「帶著回去吧。你這人沒半分人氣，就不知道她看上你哪點。

為了一句騙，弄得小指跟無名指都沒了。」

男人啞然了一會兒，還在發燒的女人軟軟的癱在他懷裡，手裡還緊緊攢著提壺。

「……笨女人就是笨女人。」他實在沒好氣，「我做什麼娶妳這個夜叉族的女人啊？醜是醜夠了，笨也是笨夠了，什麼也不會！……」

女人的小指和食指，還在慢慢滲著鮮豔的血。他停下了大罵，一種說不出來的感覺，噎著喉。皺緊眉，仔細把懷裡的指頭擦乾淨，細心的縫了起來。

「就一個夜叉族女人來說，」陰暗的王者走過來，和氣的拍拍他的肩膀，「她算長得很花容月貌了。」

「……大人，您讓讓。小的學藝不精，一個不當心可能就縫住了您的袍子。」

男人冷了臉。

陰暗的王者笑了笑，卻依舊蹲著看他幹活。他在縫自己妻子指頭時，是非常非常細膩，也非常非常溫柔的。

那動作，很美。

＊　　＊　　＊

「夫君的豆花……」她沙啞的驚醒，右手卻撲個空。提壺不見了。

「我沒有說要吃豆花！」男人凶眼凶眉的瞪著，「妳給我躺好！半夜三更給我掙什麼命?!就要左右鄰居都笑話我虐待妳才是？躺好！」

她腦筋還有些昏沉沉，卻滿足的望著夫君，連手指的疼都不怎麼疼了。

「連閻王的豆花妳都敢搶？妳是跟天借膽嗎？」男人沒好氣，「幸好閻王寬宏大量，還送了一碗豆花給妳吃……」

「我是要給夫君吃的。」她怯怯的說。

「妳給我閉嘴！這個家是我當家還是妳當家？當初咱們成親是怎麼說的？我說一妳不可以說二，我說往東妳不能往西！現在不聽話來著？早跟妳說過了，睡覺呢，被子都蓋在我身上做啥？妳當妳夜叉族身強體壯啊？不好意思喔，妳是異數，就沒見過這麼淒慘的夜叉小姐……風吹吹就可以倒的！我說啊，沒有美少女的外表沒關係，但是總不要有個美少女的體質對吧？妳偏偏就這個樣子……妳是要活活氣死我？笨也沒關係，手拙也就算了，妳就不能少生幾場病，少發哪一點燒……」

嘴裡不住凶惡的嘮叨，但是手裡的木瓢，卻細心的一小口一小口餵到她的嘴裡，粉嫩的豆花，泡在金黃色的紅薑水，很暖的光。

她滿足的嚥下每一口。嗯……我真的好喜歡木桶豆花。

只要是夫君讓她吃的，每一樣，她都喜歡，好喜歡。

在月將落盡的滄茫裡，一個不像人的男人，繼續凶惡的數落他多病的夜叉族娘子。然後木桶豆花的香味，安靜的蕩漾。

國家圖書館出版品預行編目資料

她的貓 / 蝴蝶 著. -- 初版.
-- 新北市 : 雅書堂文化, 2014.01
面 ; 公分. -- (蝴蝶館 ; 62)
ISBN 978-986-302-159-9 (平裝)

857.7 102027570

蝴蝶館 62

她的貓

作　　者／蝴　蝶
發 行 人／詹慶和
總 編 輯／蔡麗玲
執行編輯／蔡毓玲・蔡竺玲
編　　輯／林昱彤・劉蕙寧・詹凱雲・黃璟安・陳姿伶
執行美編／陳麗娜
美術編輯／周盈汝・李盈儀
封面＆內頁繪圖／雪歌草

出版者／雅書堂文化事業有限公司
郵政劃撥帳號／18225950
戶名／雅書堂文化事業有限公司
地址／新北市板橋區板新路206號3樓
電子信箱／elegant.books@msa.hinet.net
電話／（02）8952-4078
傳真／（02）8952-4084

2014年1月初版一刷　定價240元

總經銷／朝日文化事業有限公司
進退貨地址／新北市中和區橋安街15巷1號7樓
電話／（02）2249-7714　傳真／（02）2249-8715
星馬地區總代理：諾文文化事業私人有限公司
新加坡／Novum Organum PUBlishing House (Pte) Ltd.
20 Old Toh Tuck Road, Singapore 597655.
TEL：65-6462-6141　FAX：65-6469-4043
馬來西亞／Novum Organum PUBlishing House (M) Sdn. Bhd.
No. 8, Jalan 7/118B, Desa Tun Razak, 56000 Kuala Lumpur, Malaysia
TEL：603-9179-6333　FAX：603-9179-6060

Seba · 蝴蝶

Seba・蝴蝶